EQUIPMENT God's blessing / The Sigh of a Saint / Saint's Robe / Steps for Salvation / The Doctrine of Salvation / Overflow Life / Bridge of Bonds

Misery's STATUS

/335

55]

X 30]

[INT 150]

Markus's STATUS

Lv90 HP 560/56

MP 620/62

[STR 20] [VIT 50

[AGI 30] [DEX 150

[INT 70

EQUIPMENT Crafts Tool / Trapper's Mask / Trapper's Cloak / Trapper's Robe / Trapper's Boots / Magician's Book / Retreat Bracelets / Bridge of Bonds

怕痛的我，把防禦力點滿就對了

夕蜜柑

[插畫] 狐印

16

Welcome to "NewWorld Online".

Kadokawa Fantastic Novels

「好，好玩的要來了！」

「【毒性分裂體】！」
在檢驗新技能時——

CONTENTS

All points are divided to VIT.
Because
a painful one isn't liked.

0850 1048 4070 7603

NewWorld Online STATUS GUILD 大楓樹

NAME **梅普露** Maple LV **76**

HP 200/200 MP 22/22

PROFILE

最強最硬的塔盾玩家

雖然是遊戲新手，卻因為全點防禦力而成了幾乎能無傷抵擋所有攻擊的最硬塔盾玩家。個性純真，能從任何角落找出樂趣，經常因為思想太跳躍而嚇傻身邊的人。戰鬥時不僅能使各種攻擊形同無物，還會打出各式各樣強力無比的反擊。

STATUS

STR 000 VIT 20730 AGI 000
DEX 000 INT 000

EQUIPMENT

- 新月 skill 毒龍
- 闇夜倒影 skill 暴食 / 水底的引誘
- 黑薔薇甲 skill 流滲的混沌
- 感情的橋梁
- 強韌戒指
- 生命戒指

SKILL

「盾擊」「步法」「格擋」「冥想」「嘲諷」「鼓舞」「沉重身軀」
「低階HP強化」「低階MP強化」「深綠的護祐」
「塔盾熟練Ⅹ」「衝鋒掩護Ⅵ」「掩護」「抵禦穿透」「反擊」「快速換裝」
「絕對防禦」「殘虐無道」「以小搏大」「毒龍吞噬者」「炸彈吞噬者」「綿羊吞噬者」
「不屈衛士」「念力」「要塞」「獻身慈愛」「機械神」「蠱毒咒法」「凍結大地」
「百鬼夜行Ⅰ」「天王寶座」「冥界之緣」「結晶化」「大噴火」「不壞之盾」「反轉重生」「操地術Ⅱ」
「至魔之巔」「救濟的殘光」「重生之闇」「古代之海」

TAME MONSTER

Name **糖漿** 防禦力極高的龜型怪物

「巨大化」「精靈砲」「大自然」etc.

points are divided to VIT. Because a painful one isn't liked.
elcome to "NewWorld Online"

6892 1179 0606 0847

NewWorld Online STATUS

GUILD **大楓樹**

NAME **莎莉** Sally

Lv **80**

HP 32/32 MP 130/130

PROFILE

絕對迴避的暗殺者

梅普露的死黨兼夥伴，做事實事求是。很照顧朋友，不忘和梅普露一起享受遊戲。採取輕裝配雙匕首的戰鬥風格，憑藉驚人專注力與個人技術閃躲各種攻擊。

STATUS

STR 155 VIT 000 AGI 200

DEX 045 INT 060

EQUIPMENT

- 深海匕首
- 水底匕首
- 水面圍巾 skill 幻影
- 大海風衣 skill 大海
- 大海衣褲
- 死人腳 skill 步入黃泉
- 感情的橋梁

SKILL

疾風斬 破防 鼓舞

倒地追擊 猛力攻擊 替位攻擊 精準攻擊

快速連刺VI 體術VIII 火魔法III 水魔法III 風魔法III 土魔法III 闇魔法III 光魔法III

高階肌力強化 高階連擊強化

高階MP強化 高階MP減免 高階MP恢復速度強化 低階抗毒 低階採集速度強化

匕首熟練X 魔法熟練III 匕首精髓VI

異常狀態攻擊VIII 斷絕氣息III 偵測敵人II 躡步I 跳躍VI 快速換裝

烹飪I 釣魚 游泳X 潛水X 剃毛

超加速 古代之海 追刃 博而不精 劍舞 金蟬脫殼 操絲手X 冰柱 冰凍領域

冥界之緣 大噴火 操水術VIII 替身術

TAME MONSTER

Name **朧** 能以豐富技能擾亂敵人的狐型怪物

瞬影 影分身 束縛結界 etc.

0557 4654 3729 1094

NewWorld Online STATUS ‖GUILD 大楓樹

‖NAME 克羅姆 ‖Kuromu LV 94

HP 940/940 MP 52/52

PROFILE

不屈不撓的殭屍坦

NewWorld Online的知名高等老玩家，是個很照顧人的大哥哥。和梅普露一樣是塔盾玩家，身上的特殊裝備使他無論遭遇何種攻擊都能以50%機率留下1HP，並具有多種補血技能，能極為頑強地維持戰線。

STATUS

STR 150 VIT 200 AGI 040

DEX 030 INT 020

EQUIPMENT

‖斷頭刀 skill 生命吞噬者

‖怨靈之牆 skill 吸魂

‖染血骷髏 skill 靈魂吞噬者

‖染血白甲 skill 非死即生

‖頑強戒指 ‖鐵壁戒指

‖感情的橋梁

SKILL

「突刺」「屬性劍」「盾擊」「步法」「格擋」「大防禦」「嘲諷」

「鐵壁姿態」

「護壁」「鋼鐵身軀」「沉重身軀」「守護者」

「高階HP強化」「高階HP恢復速度強化」「高階MP強化」「深綠的護祐」

「塔盾熟練X」「防禦熟練X」「衝鋒掩護X」「掩護」「抵禦穿透」「群體掩護」「反擊」

「防禦靈氣」「防禦陣形」「守護之力」「塔盾精髓X」「防禦精髓X」

「毒免疫」「麻痺免疫」「暈眩免疫」「睡眠免疫」「冰凍免疫」「燃燒免疫」

「挖掘Ⅳ」「採集Ⅶ」「剃毛」「游泳Ⅴ」「潛水Ⅴ」

「精靈聖光」「不屈衛士」「戰地自癒」「死靈淤泥」「結晶化」「活性化」

TAME MONSTER

‖Name 涅庫羅 穿在身上才能發揮價值的鎧甲型怪物

「幽鎧裝甲」「反射衝擊」 etc.

oints are divided to VIT. Because a painful one isn't liked

elcome to "NewWorld Online"

NewWorld Online STATUS

GUILD 大楓樹

NAME 伊茲 Iz

LV 78

HP 100/100 MP 100/100

PROFILE

超一流工匠

對製作道具有強烈執著，並引以為傲的生產特化型玩家。在遊戲世界能隨心所欲製造各種服裝、武器、鎧甲或道具，是這款遊戲對她而言最大的魅力。雖然平時會盡可能避免戰鬥，最近也經常以道具提供支援或直接攻擊。

STATUS

STR 045 VIT 025 AGI 105

DEX 210 INT 085

EQUIPMENT

- 鐵匠鎚・X
- 鍊金術士護目鏡 skill 搞怪鍊金術
- 鍊金術士風衣 skill 魔法工坊
- 鐵匠束褲・X
- 鍊金術士靴 skill 新境界
- 藥水包 腰包
- 感情的橋梁

SKILL

「打擊」「廣域散布」

「製造熟練X」「工匠精髓X」

「高階強化成功率強化」「高階採集速度強化」「高階挖掘速度強化」

「高階增加產量」「高階生產速度強化」

「異常狀態攻擊Ⅲ」「躡步Ⅴ」「望遠」

「鍛造X」「裁縫X」「栽培X」「調配X」「加工X」「烹飪X」「挖掘X」「採集X」「游泳X」「潛水X」

「剃毛」

「鍛造神的護祐X」「洞察」「附加特性Ⅷ」「植物學」「礦物學」

TAME MONSTER

Name 菲 幫助製作道具的小精靈

「道具強化」「再利用」 etc.

All points are divided to VIT. Because a painful one isn't li

Welcome to "NewWorld Online

2128 0779 2864 5999

NewWorld Online STATUS

GUILD **大楓樹**

NAME **霞** Kasumi

LV **90**

HP 435/435 MP 70/70

PROFILE

孤絕的舞劍士

善用武士刀，是實力高強的單打型女性玩家。個性沉著，時常退一步觀察狀況，但梅普露＆莎莉這對破格拍檔還是會讓她錯愕得腦筋短路。擅長以變化自如的刀技應付各種戰局。

STATUS

STR	210	VIT	080	AGI	130
DEX	030	INT	030		

EQUIPMENT

蝕身妖刀·紫 / 櫻色髮夾

櫻色和服 / 靛紫袴裙 / 武士脛甲

武士手甲 / 金腰帶扣

感情的橋梁 / 櫻花徽章

SKILL

一閃 / 破盔斬 / 崩防 / 掃退 / 立判 / 鼓舞 / 攻擊姿態

刀術Ｘ / 一刀兩斷 / 投擲 / 威力靈氣 / 破鎧斬 / 高階HP強化

中階MP強化 / 高階攻擊強化 / 毒免疫 / 麻痺免疫 / 高階暈眩抗性 / 高階睡眠抗性

中階冰凍抗性 / 高階燃燒抗性

長劍熟練Ⅹ / 武士刀熟練Ⅹ / 長劍精髓Ⅸ / 武士刀精髓Ⅸ

挖掘Ⅳ / 採集Ⅵ / 潛水Ⅷ / 游泳Ⅷ / 跳躍Ⅶ / 剃毛

望遠 / 不屈 / 劍氣 / 勇猛 / 怪力 / 超加速 / 常在戰場 / 戰場修羅 / 心眼

TAME MONSTER

Name **小白** 擅長藉濃霧偷襲的白蛇

超巨大化 / 麻痺毒 etc.

oints are divided to VIT. Because a painful one isn't liked

elcome to "NewWorld Online"

NewWorld Online STATUS

GUILD **大楓樹**

NAME **奏** Kanade

LV 68

HP 335/335 MP 250/250

PROFILE

難以捉摸的天才魔法師

具有中性外表和卓越記憶力的天才玩家。雖然擁有這樣的頭腦讓他平時避免與人接觸，但遇到純真的梅普露之後很快就和她打成一片。能夠事先將魔法製成魔導書存放起來，有需要再拿出來用。

STATUS

STR 015 VIT 010 AGI 125

DEX 080 INT 205

EQUIPMENT

諸神的睿智 skill 神界書庫

方塊報童帽・X

智慧外套・X 智慧束褲・X

智慧之靴・X

黑桃耳環

魔導士手套 感情的橋梁

SKILL

「魔法熟練Ⅷ」「快速施法」

「高階MP強化」「高階MP減免」「高階MP恢復速度強化」「高階魔法威力強化」「深綠的護祐」

「火魔法Ⅷ」「水魔法Ⅷ」「風魔法Ⅹ」「土魔法Ⅴ」「闇魔法Ⅲ」「光魔法Ⅷ」「游泳Ⅴ」「潛水Ⅴ」

「魔導書庫」「技能書庫」「死靈淤泥」

「魔法融合」

TAME MONSTER

Name **湊** 能複製玩家能力的史萊姆

「擬態」「分裂」 etc.

All points are divided to VIT. Because a painful one isn't li

Welcome to "NewWorld Online

5615 1896 1080 8803

NewWorld Online STATUS

GUILD **大楓樹**

NAME **麻衣** Mai

LV 62

HP 35/35 MP 20/20

PROFILE

學生侵略者

梅普露所發掘的全點攻擊力新手玩家，結衣的雙胞胎姊姊。總是努力想彌補缺點，好幫上大家的忙。擁有遊戲內最頂級的攻擊力，近距離的敵人會被她們的雙持巨鎚砸個粉碎。

STATUS

STR 535 VIT 000 AGI 000

DEX 000 INT 000

EQUIPMENT

- 破壞黑鎚・X
- 黑色娃娃洋裝・X
- 黑色娃娃褲襪・X
- 黑色娃娃鞋・X
- 小蝴蝶結
- 絲質手套
- 感情的橋梁

SKILL

「雙重搥打」「雙重衝擊」「雙重打擊」

「高階攻擊強化」「巨鎚熟練X」「巨鎚精髓Ⅲ」

「投擲」「遠擊」

「侵略者」「破壞王」「以小搏大」「決戰態勢」「巨人雄威」

TAME MONSTER

Name 月見　有一身亮眼黑毛的熊型怪物

「力量平分」「星耀」 etc.

oints are divided to VIT. Because a painful one isn't liked

elcome to "NewWorld Online"

5272 0557 2241 2738

NewWorld Online STATUS

GUILD 大楓樹

NAME 結衣 Yui

LV 62

HP 35/35 MP 20/20

PROFILE

學生破壞王

梅普露所發掘的全點攻擊力新手玩家，麻衣的雙胞胎妹妹。個性比麻衣更積極，更容易振作。擁有遊戲內最頂級的攻擊力，遠距離的敵人會被伊茲為她們製作的鐵球砸個粉碎。

STATUS

STR 535 VIT 000 AGI 000

DEX 000 INT 000

EQUIPMENT

破壞白鎚・X

白色娃娃洋裝・X

白色娃娃褲襪・X

白色娃娃鞋・X

小蝴蝶結 絲質手套

感情的橋梁

SKILL

「雙重搥打」「雙重衝擊」「雙重打擊」

「高階攻擊強化」「巨鎚熟練X」「巨鎚精髓III」

「投擲」「遠擊」

「侵略者」「破壞王」「以小搏大」「決戰態勢」「巨人雄威」

TAME MONSTER

Name 雪見 有一身亮眼白毛的熊型怪物

「力量平分」「星耀」 etc.

ll points are divided to VIT. Because a painful one isn't lik

Welcome to "NewWorld Online

序章

在經過時間加速的第十次活動——所有玩家分為兩陣營的大型ＰＶＰ中，梅普露所率領的【大楓樹】，與培因率領的【聖劍集結】組成同盟，與擁有【炎帝之國】【thunder storm】【Rapid Fire】的敵方陣營展開劇烈戰鬥。

雙方互相牽制，削減對方玩家數量，戰況僵持不下，直到大型會戰才出現大量死傷，辛恩、米瑟莉、絕德、多拉古都名列其中。第一天的大型會戰，就這麼在犧牲慘重到雙方陣營都需要重新檢討作戰計畫的情況下結束。

夜晚是大家都想喘息的時段，也因此是進攻的好機會。【thunder storm】【Rapid Fire】聯手發動閃擊戰，並設下陷阱，想在此擊破失去【不屈衛士】的梅普露，十分重要。就在他們距離成功只剩一步之遙時，莎莉非要保護梅普露不可的必死決心成功阻止了他們。接著是將大幅影響活動勝敗的夜間追擊戰。梅普露等人以失去【不屈衛士】的事實為餌，把敵人引出來打，最後雖付出了不少犧牲，卻仍擊破敵方防衛大將馬克斯。梅普露和莎莉苦練多時的搭配戰術，也成功戰勝薇爾貝和雛田的隊伍，拿下雛田這個強大的防衛戰力。

儘管優勢著實累積，勝利時刻也逐步接近，這場活動仍沒有進入垃圾時間。蜜伊與薇爾貝將防守交給其他人，趁梅普露等人外出進攻時直接攻打王城，變成比誰更快碰到王座。在如此到最後的最後都不能鬆懈的緊繃氣氛中，梅普露利用【大楓樹】成員爭取的時間，以【重生之闇】將己方玩家也變成怪物，破壞王城直搗黃龍，以些微差距先碰到王座，在激戰的最後取得第十次活動贏家的榮耀。

◆□◆□◆□◆□◆

經過一波又一波的激戰，活動過後的這一星期，「NewWorld Online」又重拾悠閒。有些人繼續在第九階探索做任務，有些人將重點擺在觀光，喘一口氣。又有些人是四處奔走尋找技能，以填補活動中感到的遺憾。

眾人的日常就這麼回來了。

這當中，【大楓樹】的公會基地裡，梅普露從伊茲手中接過一大疊潔白的盤子，一一擺到桌子上。

「開派對開派對！」

「其實過得有點久了。」

「是啊……不過這也是沒辦法的吧？」

不能活動一結束就聚會，是有原因的。

【大楓樹】成員陸續到場，延遲的理由之一——薇爾貝和雛田也在這時打開基地大門，探進頭來。

「我們來嘍～！」

「打擾了。」

「啊！妳們好早喔！」

「嗯嗯！好像是第一個到耶！」

「嗯！大家也都快來了，等一下喔！」

帶她們到排在桌邊的椅子就座後，梅普露繼續等待其他受邀玩家。

沒有一結束就聚會，是因為一次要跟【thunder storm】【Rapid Fire】【炎帝之國】【聖劍集結】和【大楓樹】等二十多人約時間。

能夠一個星期就排定已經算很快，夠幸運了。

招呼之中，【大楓樹】的門又打開了，【Rapid Fire】那兩人進門來。

「嗨，謝謝你們找我們來。」

「活動裡打得好激烈喔，辛苦了。」

「自己找空位等一下喔～！」

「那我就照辦啦。」

莉莉和威爾巴特一坐下，薇爾貝就湊過去閒聊。

決戰時，莉莉和薇爾貝分別在兩座王城，在最後局面上有很多話題可以聊吧。

這時，【聖劍集結】和【炎帝之國】的八人也到了。【大楓樹】是很想招待同盟的整個【聖劍集結】一起來玩，可是公會基地絕對塞不下，只好又請梅普露好友列表裡的幾個來。

「梅普露，多虧了妳，我們才能搶下勝利。找妳同盟真是找對了。」

「下次活動不管是什麼形式，我們都不會再輸嘍。」

「我們也會加油的！」

培因和蜜伊兩個會長簡單寒暄，所有人都就座後，伊茲開始上菜。眾人各自分享感想、回顧活動，聊得好不熱鬧。

「話說回來……這陣容真誇張。」

「是啊。說誇張還真的滿誇張的……」

克羅姆和霞看著這一桌玩家低語著。在場的全是位於活動中心的公會會長與各公會的核心玩家。

能將梅普露逼到生死關頭的人，自然是強力玩家。從戰場建立來的友誼，使得梅普露的好友列表眾星雲集。

「還以為靠我們家蜜伊和薇爾貝的威力可以硬推過去呢。」

「哈哈，培因也不輸她們吧？」

多拉古說得像在說自己的事一樣，辛恩輕搖搖頭表示實在莫可奈何。

「那真的不是【崩劍】應付得來的啊。」

「被【多重全轉移】加強的攻擊真的超危險的。要是我的【復活術】沒趕上，光那一次就完了……」

「隨便就被那一大條掃飛了呢，太暴力了……」

辛恩回想當時，深深點頭。集約所有增益效果的培因完全無視【崩劍】的攻擊，劈下了聖劍。

聖劍之光不比蜜伊的火焰或薇爾貝的雷電遜色，比【炎帝之國】想像得更為驚人。不過那也是沒辦法的事，那個【多重全轉移】是僅此一次的特別版，將所有人都視為隊友的異次元強化。就連使用者芙蕾德麗卡自己也沒見過那麼大的範圍和威力。

「如果中間有哪次贏下來，結果就很不一樣了吧……好不甘心的啦！」

「就是說啊，這次的確是惜敗。如果我能多撐幾分鐘就好了。」

「妳已經撐得很久嘍，莉莉。」

「我覺得薇爾貝也打得很好。」

白天的大型會戰。

深夜的奇襲與後續戰鬥，終局的攻城。

全都是結果不同就可能改變勝敗的重要戰鬥。

在萬分驚險中取勝，逐漸建立優勢的梅普露等人，最後也是僅憑些許差距逃過戰敗的命運。這場勝利就是這麼不容易。

聊著聊著，薇爾貝臨時想到似的赫然抬頭，往莎莉看。

「對了！有件事我要問莎莉！」

「問我？」

「妳活動裡的那個！到底是怎樣啊？」

薇爾貝說的「那個」指的當然是莎莉的戰法。可以途中取消技能、打出看不見的攻擊、改變魔法特效，甚至改變武器型態。老實說，真的是鬼扯到極點。

「我也是被那個搞到。妳應該不是……真的有霞的技能吧？」

莎莉的戰法創造了足以正面砍倒辛恩，並打敗雛田與威爾巴特的優勢。無論是親身體會，還是在觀戰區悠悠哉哉地旁觀，都看不出個所以然來。

「那當然是祕密呀。」

「那我就在實戰裡自己找啦！」

「喂～不要插隊喔～？」

「威爾你呢？有你幫忙查會輕鬆很多喔。」

「的確是有考慮的價值。」

若不是被逼急了，莎莉也不會使出那虛實交織的戰法吧。

若單看類型相剋，薇爾貝、芙蕾德麗卡和威爾巴特都有一整套對莎莉不利的技能，最後卻是莎莉料理了他們。

「莎莉……」

「她、她好受歡迎喔……！」

「哈哈哈，以後決鬥是不是要預約啦？」

「感覺好像真的在下戰帖一樣。」

「啊，搞不好可以那樣說喔。」

「是我就不想在戰場上遇到她。」

如同霞和麻衣在觀戰區見到的一樣，現在對莎莉的警戒程度完全不亞於梅普露。甚至能說莎莉只不過是被梅普露的光芒蓋住了，威脅性到現在的ＰＶＰ才一口氣突顯出來。

【大楓樹】每個人都需要加強戒備，尤其是梅普露——這樣的共識，現在要多個莎莉了。特別是ＰＶＰ，莎莉和梅普露不同，完全沒有破綻可言，使她的警戒程度直線上升。

「【聖劍集結】也需要精益求精吧。有愈來愈多不容小覷的公會追上來了。」

「是啊，沒辦法。只能盯緊一點了。」

「【炎帝之國】也一樣，不能疏忽大意。」

「就是說啊，這次的壓制力很不如意……要好好調查其他公會才行了……」

這次活動中，培因和蜜伊兩位會長都學到很多。自己現在的定位，與第四次活動相比有何變化等，有很多在實戰中才看得見的部分。

別說【大楓樹】【thunder storm】【Rapid Fire】，其他後起之秀還有很多，不能隨隨便便就輸給他們。

不過，那些最快也是下次活動的事了。蒐集情報固然重要，現在享受聚會才是最大目的。

每個人都熱烈地聊著感想。如果那時這樣做，如果那裡成功了，還有那個技能有什麼效果等。

儘管只有一天多一點，活動裡緊鑼密鼓地發生了太多事，話題聊也聊不完。

沒有人能參加野外的所有會戰，尤其是零星發生的小型會戰，其中有許多不為人知的事，很有意思。

當大家跨越公會隔閡聊得正起勁時，莎莉對梅普露說：

「好久沒打ＰＶＰ了，感覺怎麼樣？」

「大家都好強，好辛苦喔……不過還好有妳跟【大楓樹】的大家幫我！」

梅普露的表情與回答，直接透露出雖然情況艱難，她還是玩得很開心。

「能贏也是多虧了妳啦。靠【重生之闇】硬推之類的。」

「大家都叫我用我才想到的啦～」

「有達成期待真是太好了。」

「嗯！」

不僅是勝利而已，中間的種種互動也都會留下回憶。

見到梅普露在各方面都玩得很開心，莎莉也對她微笑。

◆□◆□◆□◆□◆

最後莎莉真的排了決鬥班表，梅普露對下一次活動與第十階地區滿心期待，兩人相約有困難就互相協助時，今天的餐會也差不多結束了。

「放進道具欄就能收拾乾淨，真的好輕鬆喔～」

「這是現實做不到的優點呢。」

梅普露勤快整理桌面，莎莉負責取下牆上的裝飾。

在公會設定面板點幾下，那二十張椅子就能瞬間恢復原狀。

「感覺變得好安靜喔。」

「來了很多人嘛。比上次多了四個。」

收拾告一段落後，【大楓樹】的下一個話題當然就是即將開放的第十階地區。

「下次活動……會是在第十階之後吧。」

「就是啊～第九階的任務都還沒做完，要趕快看一下了。」

「每次辦活動就是準備開新階層了。話說之前的階層也有很多漏掉的吧。」

「每一階都很很大嘛。而且新階層還會更大的樣子。」

「如果像第八階那樣，探索起來就很累了。」

「有月見以後是有輕鬆很多啦，不過……」

還有很多地方埋藏著隱藏事件、稀有地城、不為人知的道具或技能吧。

因為那些東西大多有複雜的觸發條件，正常探索下不會發現。每階層都還有幾十個祕密沒人發現，也不會有誰驚訝。

「有需要找時間到處看看了。這次把底牌全都亮出來了。」

「就是啊，下次都用現在這些技能恐怕行不通。」

這次戰鬥使他們竭盡全力，將打從第四次活動長時間蒐集來的技能都用掉了。

活動過後，所有玩家都想有所提升，首先得從探索開始。

為了在必將到來的下次活動得到好成績，腳踏實地的升級和蒐集材料也少不了。

技能固然重要，但不能因此忽略了提升能力值。

接下來又是各自分頭探索的時期。目標是未探索區域，或有機會看出異狀的熟知區域。即使沒有活動，能做的事仍有一大堆。

討論了一會兒未來方向後，他們紛紛前往野外或城鎮，進入各自的遊戲生活。

「莎莉，妳再來要做什麼？」

「先升級吧。我覺得現在的技能很夠了，不想故意去找。還有技能幣可以直接換一個呢。」

「對喔，這次也有技能幣！」

「活動主要就是打那個嘛。」

不過目前還沒開放兌換。

想起技能幣時，官方正好發公告了。

「啊，有公告！」

「第十階活動？……早點發的話，就能一起討論了。我看看……」

「第十階是過去階層的集大成……不僅具有各階性質，還為至今仍未發現的地城或事件提供大量提示……喔喔～」

「看來會很大的樣子。而且，妳看這裡。」

梅普露往莎莉所指的段落看，寫的是「擊敗隱藏的最強魔王」。

「不是去新階層之前要打的那個？」

「應該不是喔。妳看，後面還寫『要解任務蒐集線索喔～』什麼的。」

「最強啊……好像很厲害……」

「先找出來再說啦。還要過一陣子才會上線，而且這個遊戲很會藏，說不定根本找不到……」

「那就要努力去找了！」

「嗯，動員【大楓樹】一起找吧。」

「那活動……ＰＶＰ和ＰＶＥ都在準備當中……」

「這邊就幾乎沒說什麼了。所以說，還沒開放兌換技能幣也是跟這個有關吧。」

技能幣將會在第十階地區上線的同時開放兌換。公告就講明第十階是集至今之大成，因此兌換期間設定得晚一點，讓玩家能在探索中檢討自己還需要什麼吧。

「還要再等一陣子吧。」

「就是啊～」

來日方長，不過幸好已經有方向了。這樣容易立定目標。

「那就繼續等他放消息吧。我要按照計畫去升級了，要跟嗎？」

「我要我要！」

「ＯＫ，那就趕快出發吧。我已經先把……效率好的地方查起來了！」

「喔喔～！不愧是莎莉博士！」

「看我的就對了。」

兩人就此邁向野外升級去。

第一章　防禦特化與日常

夜晚，理沙和楓練完級以後下線，用力伸個懶腰。

「嗯……變得好冷了喔。」

前一陣子還是夏天，一回神冬天就快到了。

聖誕節又會有其他活動吧，過年也是。

理沙稍微想著未來的事，然後突然打斷。

「先洗澡吧～」

把身體弄暖和以後就趕快睡了。理沙這麼想著走下樓梯。

日月流轉。天氣真的轉冷，「NewWorld Online」也出現了變化。

「下雪了～！」

「下雪了耶。」

梅普露和莎莉仰望天空，看著雪花朵朵飄。

到了十二月，各區域都開始飄雪。

儘管不是編上號碼的大型活動，官方仍應時節舉辦了多種怪物會掉特殊道具，可以蒐集起來換獎品的小活動。

從第一階到最新的第九階都在下雪。

「好像至少會下到聖誕節喔。第八階的水好像有一部分結冰了。」

「變得比較好逛的感覺？」

「結冰的部分不能直接下潛，所以有好有壞吧。」

「真的。」

輕不輕鬆是一回事，現在主要目的是蒐集道具，時間非常充裕，可以慢慢來。每天上線打打怪，就能輕鬆換到所有獎品。

雖然不至於給到技能幣，但有不少藥水和材料，還能用錢買這次限定的外觀服裝。最後是能裝在公會裡的道具，可以提升整體成員的能力值，不會吃虧。

因此，梅普露和莎莉來到了第九階野外。

既然活動道具每階都有掉，那就找怪物單純、容易探索，而且經驗值也最多的第九階。

來到城門時，已經在那等著的兩人朝她們揮手。

「梅普露姊——！」

「這邊——！」

「麻衣、結衣！我們走吧！」

「好！月見！」

「雪見！」

「嘿咻，給妳們載嘍。」

梅普露和莎莉騎上【巨大化】的雪見和月見，奔向野外。

「要去的地方跟之前說的一樣。」

「知道了！」

兩人驅策雪見和月見奔跑起來。雙載已經是極限，但也比本來不會飛卻被強行弄成飛天龜的糖漿快多了。跑步才是牠們的正常狀態，這也是當然的。

最後四人來到的是到處噴火，不分空中地面都會產生環境傷害的區域，十分危險。

「這裡會一直出怪，不過……妳們也看到了。用水魔法的話，可以暫時滅火，但……懂吧？」

三人都明白莎莉言下之意。

「這裡就看我的了！」

梅普露發動【獻身慈愛】，保護所有人。

無論是下火雨還是滿地烈焰，在梅普露的防禦力面前都不具意義。

「嗯嗯！沒問題！」

「太好了！」

「這樣就可以進去了……！」

「想傷到梅普露，就要改成固定傷害才行了。」

火焰不行，得要岩漿才夠看。過去不時會讓梅普露頭痛的岩漿，是她永遠的勁敵。

三人一踏進去，危險區域就跟著起反應，火焰碰碰碰地迸發，有的還變成帶紅眼睛的火球飄過來。

「我們把怪物引過來，後面交給妳們嘍。」

「「好！」」

結衣跟麻衣將雪見和月見收回戒指，舉起十六把巨鎚。

「【大海】！」

「【嘲諷】！」

火焰隨腳邊擴散的水窪消失，怪物想阻止莎莉似的往她攻去。

相反方向，受到梅普露【嘲諷】影響的怪物也爭先恐後湧上去要打倒她。

只見所有的怪物全都衝進四人周圍飛舞的鐵塊，纏繞紅光的十六把巨鎚之中，然後蒸發般消失了。

巨鎚的攻擊判定範圍因【決戰態勢】的效果而增大，堆成了一面牆，完全阻隔怪物的接近。

連反擊的機會也不給。無視部位或怪物種類，全都一擊必殺。

「呃，好像沒事了。」

「就這樣邊揮邊走吧！」

「繼續拉怪過來吧！」

「我還有很多水技能可以用，盡量殺吧。這裡不太算是練功點，要有梅普露才會特別來，基本上沒人會搶……但還是要小心喔。」

如果被她們的鎚子打中，就算不會受傷，還是會飛走吧。

無論會飛到哪裡，那都不會是愉快的體驗。

「啊！掉了！」

怪物掉落物零星散落在化為粉碎機的巨鎚底下。

其中有個紅通通的聖誕帽。

那就是這次的活動道具。

「我會負責撿，妳們專心打吧。」

「不用怕被打！」

「好！」

「放馬過來！」

麻衣、結衣、梅普露。

在不會刻意針對弱點的ＰＶＥ戰中，這三人是強得莫名其妙，來到怪物會主動衝過來的環境就能達成超高速農怪。結衣跟麻衣的殺怪速度，可說是無人能出其右，只要顧好防禦和拉怪，再加上沒人干擾就完美了。

只要滿足所有條件，這裡就是最棒的獵場。莎莉一邊撿掉落物，一邊看著霍霍揮舞的巨鎚。

「已經很習慣了呢。」

「妳說巨鎚？還是手手？」

「都是。」

莎莉原先還很怕【拯救之手】，但看著看著，也成為日常的一部分了。雖然她不會踏入第六階地區，但若只是【拯救之手】倒還不會怎麼樣。

「那妳要試試看嗎？妳應該會用得很棒喔！」

「呃，嗯……我考慮考慮。」

「我隨時可以幫妳喔！」

「呵呵，謝啦。」

在她們今天就要蒐集完畢的氣勢下，怪物不停爆散，道具掉得像瀑布一樣。

兩人看著結衣跟麻衣大殺四方，重新體會到她們真的變得很可靠。

梅普露一行以捲起火焰的迴旋巨鎚粉碎大量怪物，獲得足夠掉落物後，穿過熊熊火牆離開危險區域。

「妳們的攻擊力真的超強的啦！這麼輕鬆就撿到這麼多了！」

「都是因為有妳跟莎莉姊在啦！」

「因為有人幫我們拉這麼多怪嘛……」

能撐住結衣跟麻衣攻擊的小怪並不存在。那邊不會配置ＨＰ跟上兩人攻擊力的怪物。

結果就是農得非常順利，等級也都提升了。梅普露與結衣跟麻衣的搭配是既殘酷又強力。

在野外成為能突破梅普露防禦和抵擋結衣跟麻衣攻擊的怪物滿地爬的魔境前，沒人擋得住這穩定的輾壓。

「今天差不多就這樣了吧。」

「好哇～雖然中間有休息，還是有點累的感覺。」

「不用跑來跑去已經很輕鬆了，但還是會累呢……」

「因為打了很久嘛。」

莎莉有【操水術】技能，可以不斷拉怪。

打到一半，她們四個就已經拿出椅子出來坐，只讓巨鎚繼續轉了。

只要有梅普露在，在這裡戰鬥就不會遭遇不測。

當四人打算收工時，正好克羅姆和霞也來了。

「喔～妳們還在啊。」

「怎麼樣，應該很順利吧？」

「對呀！麻衣跟結衣超厲害的！」

梅普露得到的道具數量超乎想像，聽得他們都傻眼了。

「之前我就覺得……拿到八把的破壞力真的是太誇張了。」

「不過我們還做不到細微的操作啦……」

「一起揮的話倒是沒問題了！」

「對妳們來說很夠了吧。」

光是擦到就必爆無疑，根本不需要細微操作。巨鎚一如其名，屬於巨型武器，只要將所有武器都往敵人面前招呼，動作不大也躲不掉。

「你們也要來這裡農嗎？我們剛打算收工而已。」

「沒有，只是經過這附近。想說騎小白很快，就過來看個狀況了。順便報告一下，我們發現一個有意思的東西。」

有意思的東西，霞難得會有這樣的報告。過去【大楓樹】裡會有這類發現的幾乎是梅普露。

再說，那也不是想找就找得到的東西。

「梅普露不是在傳送之後找到【重生之闇】的嗎？我們就是發現那種感覺的傳點。」

「不過傳送過去以後，路好像還很長，所以就先回來了。」

「那邊是什麼樣子？」

霞說那裡長滿了黑漆漆的草木，且到處瀰漫著類似【重生之闇】的黑霧，令人感覺很詭異。

「好像很有機會喔！」

「整個有好東西的感覺呢。」

疑似發現未知隱藏區域或稀有事件的感覺，使結衣跟麻衣興奮得眼睛發亮。

那是克羅姆和霞想趁第十階上線前，做做還沒做完的第九階任務時碰巧發現的。由於傳點另一邊感覺分量不小，所以覺得找【大楓樹】所有人一起來徹底攻略會比較好。

「怎麼樣？要不要在上第十階之前冒個險啊？」

「贊成！」

「也問問伊茲姊和奏吧。如果有什麼機關的話，可能會需要他們。」

「嗯，先從約時間開始吧。」

「會有什麼怪物啊，姊姊？」

「希望動作不會太快……」

「反正到時候會掩護妳們啦，看妳們的嘍。妳們可是我們的主力呢。」

「「好！」」

找到活動以外的任務了。因結衣跟麻衣的發揮，不愁活動道具的【大楓樹】決定全團往未知領域進擊。

◆□◆□◆□◆□◆

過了幾天，【大楓樹】依約全體出動探險，來到廣闊的森林前。

「咦，就這裡？」

「活動之前來勘查的時候，沒看到像是傳點的東西耶……」

也難怪梅普露和莎莉會覺得奇怪。活動場地是照搬第九階地區野外，各區域有怎樣的地形效果都調查過了。

「哼哼哼……總不能特殊事件都被梅普露遇到嘛。」

「好像是有步驟的，我們會發現完全是碰巧。」

連莎莉都沒發現，可說是正常探索下無法到達的區域。

甚至是需要一點機緣。

「我和霞確認過好幾次了，不會錯的。好，該走了吧。梅普露，要開【獻身慈愛】喔，怪物滿多的。只靠我要保護四個人有點硬。」

「知道了！【獻身慈愛】！」

光輝從梅普露為中心擴散開來，照亮陰暗的森林。

可以當照明來用，實在頗為便利。

「看來不用點燈了。」

「嗯，現在顯眼一點也沒關係。」

伊茲收回正想拿出的提燈，關閉道具欄。

伊茲攻擊前需要準備，奏在上次活動用盡了強力魔導書，在傳送之前先以輔助為主。

攻擊力方面，有結衣跟麻衣就十分足夠了。

除她們以外，霞、莎莉和穿上涅庫羅的克羅姆也都有戰鬥力，梅普露也是照常招式盡出，進行掩護射擊就行。

一進森林就是怪物的巢穴，怪物注意到八名入侵者的出現而紛紛逼來。

「【武者之臂】！」

「【風刃術】！」

「「【雙重搥打】！」」

眾人斬殺撲來的狼，切斷飛舞的昆蟲，剩餘的全被巨鎚剿滅。

「哎呀，變得好輕鬆，跟我們兩個來的時候完全不一樣。這樣應該花不了多少時間。」

在沒有明顯標的物的森林中，克羅姆帶頭左拐右拐，周圍開始有黑霧纏上他。

「來了來了，很順利喔。」

「這就表示我們有照正確順序走。接下來只要往正確方向走，不讓黑霧消失就行了。」

「跟我和莎莉去打【救濟的殘光】那時很像耶！」

「如果是說要注意反應的話，是滿像的。可是正常來說，這個還滿累的吧？」

需要在陰暗的森林裡到處打轉，還要在怪物前仆後繼之中探索，實在不簡單。

在【大楓樹】全體出動的情況下，有自動絕對防衛系統確保安全，還有十六台鐵塊製成的怪物處理機，幾乎不需要在乎怪物。

現在輕鬆到還能一邊看著怪物撲過來一邊對話。

「那我們就趕快推進吧！時間好像有影響喔。」

時間、人數、能力值。稀有事件的觸發條件，總是各式各樣。

克羅姆說的時間純粹是假想，但應該不會差太多。

有可能跟霞同行也沒反應，或是只能在特定時段找到。

畢竟第九階上線時，所有人的心思都把ＰＶＰ的優先度擺在尋找稀有事件之上。

走著走著，逐漸纏繞在克羅姆身上的黑霧已經變成圓圓一大團了。

「這、這樣沒事嗎？」

「幾乎看不到前面了呢。」

「不過這次就不用怕了。」

雖然梅普露替他擔心，但只要她自己的【獻身慈愛】還在就不會有問題。

情況和霞必須單獨殺怪時的勘查階段完全不同。

「周圍景物都一樣，很容易失去方向感呢。」

「對喔～找奏幫忙的話，應該會更早發現吧。」

如果是奏，看似相同的景物也完全不一樣，可以完美掌握。

「這樣比較有新鮮感，也不錯啦。」

「那就好！……快到嘍。」

聚成一團黑球的霧從克羅姆身上往前伸展，在眼前空中擴散成薄膜狀。

中央部分變得稀薄，能在另一邊看見同樣昏暗的森林，只是那顯然與此處是不同地方。這黑霧本身就是傳送門。

遠方有個城堡的剪影，其後還有大得詭異的巨大紅月。

「這只會開一下子喔。來，快點進去！」

「好～！」

「開始緊張了……」

「姊姊加油！」

「城堡啊……不知道有沒有書。」

「這裡有其他地方找不到的東西也不奇怪呢。」

「還不知道裡面怪物長怎樣，小心一點喔。」

「好，好玩的要來了！」

無論經歷過幾次，踏入未知領域的那一刻總是令人興奮。

八人心中充滿對未知技能、道具、裝備的期待，踏進了通往異世界的門道。

入侵隱藏區域的八人很快就受到怪物的襲擊。

他們有著人類外型，身披纏繞黑霧的鎧甲，以劍盾擺出防衛架勢，從暗處接連湧現，試圖阻擋【大楓樹】前進。

但也僅止於「試圖」而已。結衣跟麻衣揮掃的巨鎚只要能擊中，堅守也不具意義，

「「嘿！」」

他們連盾牌一起扭曲爆散。

「好，打得死。」

「只要一樣能一擊殺，怪多也沒問題。」

【大楓樹】全員出擊時的戰略，有幾個步驟。

第一步是所有人對主攻手結衣跟麻衣施加增益效果，給予支援。

這樣簡單明瞭，效果又強，所以都是從這一步開始。然後就是檢驗怪物能否通過她們的考驗了。

注意一擊死還是沒死就行。

「往城堡前進是吧。」

「嗯嗯，看樣子很輕鬆就能到那裡去了。」

「不愧是全點攻！」

「而且真的有很多隻手呢。」

能夠遙控的【拯救之手】，正好適合彌補兩人被接近就容易死的弱點。

「一般怪物的話……！」

「包在我們身上！」

她們也說到做到，擊潰每一個逼近的怪物，八人確實地接近城堡。

不過她們無法隔絕所有怪物。圍繞八人旋轉的巨鎚之間難免會出現縫隙。

儘管怪物沒有玩家那麼會看時機，還是會有幾個漏網之魚。

「【二連斬】。」

「涅庫羅，【幽火放射】！」

「【血刀】！」

但那也只是突破第一層火網而已。

穿過一觸即死的巨鎚，還要能夠對虎視眈眈的【大楓樹】成員造成穿透攻擊，才上得了檯面。

想穿過【大楓樹】專打漏網之魚的熱烈掩護——

講白了，是不可能的事。

難關如此巨大，責怪不停變成碎屑的怪物也未免太苛刻。

在一路蹂躪，屠殺，無情地輾壓一切後，一行人終於來到城門邊。

「喔……好大喔～」

「要是裡面照實做的話，會很大喔。小心有陷阱。」

「嗯！」

通往城堡的路連前菜都算不上，就只是最基礎的門檻。

「接下來才是正式開始吧？呵呵，基本戰術不會變的樣子。」

「就是啊。道具還很多，要什麼ＢＵＦＦ都有。」

「要是有怪東西出來，就交給我和霞跟莎莉來處理吧。會乖乖給她們打的都沒什麼。」

「是啊。速度型或遠程攻擊就看我們的。」

每個人的戰鬥方式各有強弱，需要應優劣勢切換核心火力。了解這點，善用強項戰鬥是很重要的事。

填補各自破綻與弱點，才是八人一起戰鬥的意義所在。

梅普露站在充滿細緻裝飾的巨大城門前，回頭看其他七人。

「那我要開嘍～！」

梅普露見到所有人都點頭後，伸手碰觸門扉。只見紅光迸射，門扉發出沉重聲響緩緩開啟。

【大楓樹】的古堡探索就此開始，往必然有些什麼在等待他們的最深處發進。

梅普露一開門就先查看周遭狀況。前方有門，左右也有門。前方還有兩道通往二樓的平緩弧形階梯，從這位置能看到二樓也有正面與左右三扇門。

總共六條路線，只能一一查訪了。

「喔喔？還滿大的耶。」

「跟外觀一樣呢。」

「從進來的地方看，這座古堡就已經很大了。感覺會很長喔。」

「要從哪裡開始走呢？」

「麻衣、結衣、梅普露，妳們想走哪裡？」

【獻身慈愛】與飄浮巨鎚在順利探索上占了很大一部分。

所以交給她們決定。沒人知道怎麼走最好，也就沒人有異議。

「感覺還是中間會往王走耶。」

「那就先走左右兩邊？」

「想把每個角落都探過也只能這樣了……」

「對呀！」

難得發現隱藏區域，有遺漏就太可惜了。

於是八人先推開一樓右側的門，繼續前進。

開門後，首先是查看有無陷阱。牆上的燈火，照出了三隻遊蕩的怪物。

他們身上也纏繞著外頭那種黑霧，配備大尖帽和長杖，一看就是法師型。

「法杖……看起來會用魔法耶。」

「遠程啊，有實體嗎？」

「不像是透明的樣子。」

「麻衣、結衣，可以嗎？」

「「可以！」」

既然有實體，那就手到擒來了。在沒有遮蔽物的通道上戰鬥，基本上是對攻擊範圍短，一次也不能受傷的結衣跟麻衣不利，但有梅普露在就無所謂了。

也沒必要一顆顆敲鐵球。

兩人為提升機動力，犧牲四把巨鎚騎上雪見和月見，載上梅普露以免脫離【獻身慈愛】範圍後，一口氣朝怪物衝過去。

魔法師注意到她們接近，張開漆黑的魔法陣噴射黑焰，直擊打頭陣的三人。結果她們一點也不在乎，雪見和月見撕裂黑焰殺過去。

「嗯！沒問題，防禦看我的！」

「「好！」」

既然沒傷害就沒什麼好擔心了，兩人就此逼近噴火的魔法師，揮出巨鎚。

「「咦！」」

隨後兩人瞪大了眼，沒有砸碎敵人的感覺。

這也是當然的，因為魔法師瞬間消失，稍微後退了點，用短距離閃現躲開了她們的攻擊。

不僅如此，他們又擊出魔法。當長杖一揮——

「「「咦！」」」

如魔法師自己所做的那樣，三人分別傳送到了不同位置。

都還看得見彼此，但突如其來的陣形操弄使結衣跟麻衣離開了【獻身慈愛】的範圍。

「【衝鋒掩護】【多重掩護】！」

「「克羅姆大哥！」」

克羅姆及時趕來，擋下了火焰。他以能夠保護複數隊友的技能確切承受攻擊，不讓結衣跟麻衣遭受火吻。

「【血刀】！」

霞以長鞭般的液態刀刃進行牽制，阻止火焰繼續噴射，克羅姆也注視著敵人自補。

「城裡的果然沒那麼容易對付了！」

「奏！」

「ＯＫ～」

「【水球術】！」

「【龍捲風】！」

物理攻擊行不通，那就用魔法。

狂風與高速擊出的水球漂亮命中魔法師，削去其ＨＰ。

「也不是一定躲得掉嘛！那好……！」

伊茲取出幾個水晶，裝進小型火砲裡。轟隆一聲擊出的水晶短時間後爆開，黃色電流在陰暗通道竄動起來。

如此強烈布下的強烈麻痺攻擊束縛了魔法師的動作，這樣就不會打偏，也不會閃現了。

「【巨浪術】！」

要以水剋火般放出的這個強力水魔法，需要從基本魔法練起才能得到，具有紮實的合理傷害。巨浪頓時淹沒通道，吞噬怪物。

急劇的流水聲中傳出怪物消失的「啪唧」聲，隨後浪潮退去，路上只剩他們八人。

「嗯，用這種威力的就夠了。」

「那已經是很強的水魔法了嘛，範圍又大。法師在這種時候就特別可靠呢。」

「我書都沒庫存了，只好暫時用這個老實練起來的法術戰鬥了。」

「很夠了啦。」

奏的魔導書在活動裡用了精光，現在需要囤貨。但儘管少了能稱作絕招的法術，也

只是變成一般的魔法師而已。

可靠是不在話下，何況湊也能在這種場面派上用場。

「不是魔法攻擊就會用閃現躲掉的感覺？霞的【血刀】也被他們躲掉了。」

「要仔細檢驗也可以……只要奏打得死就沒問題。」

「對不起～！麻衣、結衣，都沒事吧？」

「沒事！」

「克羅姆大哥有把我們保護好。」

「還好啦。要是連這種時候都做不了事，我連來都不用來了。我隨時都會保持遇到緊急狀況就立刻行動的心態喔。」

「克羅姆果然厲害。」

「有兩層保護就更難失守了吧？」

「是啊。剛那種怪就交給奏主攻好了。不用書就能打，實在差很多。」

能省則省，要贏得更簡單、更恰好。只要能將八人都在這點發揮到最大限度，互相彌補缺失，可沒那麼容易潰散。

知道難度以後，八人決心一舉突破，往陰暗的通道前進。

眾人一路因應前來阻擋的怪物換人攻擊。快速的交給莎莉和霞，皮厚的交給結衣跟麻衣，遠程的交給梅普露、奏和莎莉。伊茲負責輔助所有人，克羅姆適切對應敵人的強迫傳送，填補梅普露的不足。

只要知道敵人有何種類，會做些什麼事，沒有【大楓樹】應付不來的道理。

如此探索一陣子後，梅普露等人在某房間裡打開不知開過幾次的寶箱。

「正路真的是要晚一點走耶！」

「材料跟裝備……差不多該有技能卷軸了吧。」

「裝備就算了，技能一定有人能用吧。」

材料都很稀有，而裝備雖不及獨特裝備，也相當優秀了。

由於【大楓樹】目前沒必要更換裝備，頭號目標自然是能夠學到技能的卷軸。

「照這樣看來，另一邊也要仔細逛一遍比較好。」

「是啊。既然知道不吃虧，更有過去看看的價值了。」

「技能都還很夠用喔！」

現在梅普露只用了【獻身慈愛】，有次數限制的技能或【機械神】的武器殘量都還很充足。

有基本上用普攻就能粉碎敵人的結衣跟麻衣帶頭，不會陷入需要耗用寶貴技能才能

突破的狀況。

普攻沒有次數限制，連續戰鬥也不會有任何衰減，就是她們的強項。

「後面還有房間，能進的就全部看一遍吧！」

「如果最後沒路了，我們再打出去……！」

「有志氣～！我也會加油的。」

在遇到魔王之前，都不會遭遇苦戰吧。由這八人的強度來說，這是很正常的事。

然而驕兵必敗。這裡畢竟是第九階的隱藏地區，敵人有相當程度的攻擊力。別說結衣跟麻衣，伊茲和奏等後衛職業只要一擊就可能致命。

若是穿透攻擊，梅普露也可能失去大量ＨＰ。

「有出新怪的話，先看看情況再上吧。」

「到時候以我為中心也可以。我的話，不小心被打到也好歹能撐一下吧。」

「我也是被打幾下也沒關係。需要威力偵察的話就看我的。」

立定方針後，眾人仔細查看牆壁與家具，以防錯過隱藏寶箱後就離開房間。

結果，這條路最後是死路，八人需要另尋途徑。

從最終目的是打倒位在最深處的魔王來看，這條路是走錯了。不過梅普露玩了那麼久，知道這也算是正確，以及為何正確。

「是不是正中間以外的路線比較有寶箱啊？」

「很有可能是這樣沒錯。從城外看起來，魔王比較像是在中間嘛。」

不然，魔王也不會孤零零放在地城角落的房間吧。都準備這麼氣派的城堡了，戰場當然也該有同樣水準。

「梅普露，有聞到寶箱的味道嗎？就像妳平常發現稀有技能那樣。」

「哈哈哈，那都是碰巧啦～」

「其實妳的直覺都很準，或者說跟稀有事件的親和性很高呢！」

「那……嗯～回到入口以後，我們去看二樓吧！」

「嗯，就這麼辦。」

莎莉帶頭同意梅普露的提議。

目前沒有特殊機關或陷阱。需要找到特殊道具才能打魔王，是很常見的事。

為了避免漏掉的正好是魔王房鑰匙，八人決定依序把門後都看一遍。

◆□◆□◆□◆□◆

「呵呵呵，大豐收大豐收！」

「不枉我們每個角落都看得那麼仔細。」

知道能夠確切處理每種怪物後，梅普露一行探索過一樓所有側門，回到中間的分歧點，還剩二樓正面的兩扇門。

截至目前的所有寶箱，雖然沒有技能卷軸，但材料、裝備和高價換錢道具已經十分豐碩。

「剛好需要的東西也找到了。」

「最後再走是對的呢。」

「碰巧選對正確攻略路線了吧。」

他們在一樓正面的門後找到的鑰匙，能夠開啟二樓的通道。

二樓左右的門沒上鎖，也就是說鑰匙是用在阻隔正面通道的門上。非它莫屬。

「再說好像也沒有其他路能走了……」

「那我們趕快走吧！」

「嗯！走吧！」

維持【獻身慈愛】的梅普露帶頭，八人開了門鎖，查看狀況。

門後有一小段通道，通往一個圓形房間，房間最深處有一扇門。房間直徑約二十公尺寬，氣氛與過去探索的通道或小房間全然不同。

眾人站在房間與通道的交界處，從天花板掃視到地板，然而靜悄悄的房裡一點動靜也沒有。

「嗯～有點像魔王房耶……」

「可是裡面還有一扇門，以城堡外觀來說這裡也沒那麼深。」

「但還是有可能出怪，小心一點。」

「一進去就會觸發吧。」

「對呀。我就先在這裡裝好大砲吧，說不定用得到。」

既然沒有敵人動靜，那就多得是時間能做事前準備。伊茲竭盡所能提升結衣跟麻衣的戰力，擺放一座座砲口正對房間的大砲。

如果沒事發生，收回來就行了。

「那數到三一起進去喔！」

眾人跟隨梅普露的信號入侵房間。

同時空中冒出黑焰，向四周急劇膨脹。

爆開之後，裡頭出現一名手腳披覆黑鱗，並有同色雙翼與尾巴的女性。

正是第九階地區火焰與荒地之國的國王。

「我已經藏得很隱密了……居然還被你們找到這裡來。」

國王在空中造出幾團火，並使其瞬時脹大，然後對他們咧嘴一笑。

「不速之客啊，就陪我玩玩吧。可不要變成焦炭啦！」

「梅普露！小心！」

「【抵禦穿透】【救濟的殘光】！」

「看招！」

不由分說的先制攻擊。

塞滿房間的巨大黑火球，在接觸地面的同時化為直衝穹頂的火柱，吞噬八人。

背後通道已經被火牆封住，幸好這個遍及整個房間的先制攻擊沒有固定傷害。

熊熊的黑色火柱減弱，八人毫髮無傷地跳出來。

「【高壓水柱】！」

莎莉射出激流，推起結衣跟麻衣。兩人的去向當然是國王。

「「【決戰態勢】【雙重搥打】！」」

面對揮過來的十六把巨鎚，國王在空中張開火焰屏障，將它們全部擋下。

「「咦咦！」」

一般防禦在她們的破壞力面前，只有被無情摧毀的份，兩人幾乎沒有被擋住的經驗，瞪眼愣住。

「【水道】！」

攻擊啞火的瞬間，莎莉穿過錯愕的結衣跟麻衣身旁，衝進飛散的火焰裡。只要有梅普露的防禦在，積極攻擊也沒有風險。

「【水纏】【二連斬】！」

賦予水屬性加傷的匕首斬過國王的身體，迸發的傷害特效表示攻擊成功。

「有效嗎！」

「看來不是什麼攻擊都會擋！」

「既然這樣……」

「我們來開路就行了！」

要用虛招引誘她打出護壁，讓結衣跟麻衣能攻擊到她。比起小心翼翼地和敵人周旋，慢慢削減ＨＰ，製造必殺一擊的效率高上太多。

「那好……【全武裝啟動】！」

梅普露展開武器，開始對空射擊。槍砲交錯中，國王靈敏地閃躲梅普露的彈幕，並射出好幾把炎槍。

「那可不能讓妳亂丟啊！」

刺擊非擋不可，是【大楓樹】的鐵則。克羅姆高舉因涅庫羅的型態變化而擴大的盾，站到梅普露身前保護她。

梅普露的武器有限，和她本身不同，不在【獻身慈愛】保護範圍內，會因攻擊而損壞，有保護的必要。

「謝謝！」

「攻擊看妳的嘍！」

「好！」

「伊茲，我們來卡她。」

「好，我配合你！」

「【龍捲風】！」

「菲，【道具強化】！」

奏用廣域魔法阻擋，伊茲以炸彈進行廣域攻擊，配合梅普露的彈幕限制國王的移動路線。當她下降躲避時，霞逼了上去。

「【武者之臂】【第一式・陽炎】！」

霞這個可以無視對方速度，直接傳送到範圍內敵人的攻擊難以閃避，逼迫國王使出火牆抵擋。

「莎莉趁現在！」

「【冰柱】！」

從地面伸出的冰柱破壞了國王的去路。國王雖試圖反擊，卻不至於突破梅普露的防禦力。

「再來交給妳們了！」

路都鋪好了。霞往旁跳開的同時，她背後緊握巨鎚的兩人緊盯著國王。

「「【擲出武器】！」」

十六把巨鎚要填滿【冰柱】縫隙似的砸上去。在八人合力阻斷去路下的聯袂攻擊，紮實地將國王的ＨＰ削減為零。

在慶祝攻擊漂亮成功的結衣跟麻衣面前，巨鎚堆成的山鏗鏗鏘鏘地垮落，國王站了起來。

「打得不錯……不過再打下去，把這裡弄壞就不好了。我在裡面等你們，再多玩一會兒啊。」

國王留下這句話就纏上黑焰消失了。

「喔喔，只是中魔王。」

「似乎是如此。」

「不過這樣就知道最後魔王是怎樣了。」

「對呀。既然她說等我們，就是要打她吧？」

「沒問題！下次照這樣支援就行了！」

「是啊。主攻交給妳們，我們負責鋪路。」

「「我們會加油的！」」

在那之前，先有探索要做。前進的門只有一扇，應該不會直接通往魔王房才對。

可不能只想著魔王，卻被路上小怪絆倒了。

八人將魔王暫且收進心裡，把注意力放在眼前，推開門扉。

經過事先討論，八人的合作已經在某種程度上制式化了。儘管他們依序限制敵方行動，幫助結衣跟麻衣成功以必殺一擊打敗國王，但那終究只是中魔王，離真正戰力還有一大段距離吧。

無論如何，梅普露等人在突破中魔王以後繼續推進。

「【多重掩護】！」

「【巨浪術】！」

克羅姆掩護麻衣跟結衣，奏以巨浪擊破怪物。

戰鬥結束後，梅普露從浪潮另一邊跑來。

「呼～得救了！」

「喔！強迫傳送的怪物愈來愈多了，被傳走就看我的吧。」

梅普露的【獻身慈愛】也不是沒有漏洞。一旦有怪物趁虛而入，克羅姆就是最後防線了。他同樣是頂級塔盾手，當敵人好不容易穿過梅普露的防線，還有克羅姆擋著，可靠得很。

梅普露太過耀眼，容易讓人忘記想突破克羅姆也是非常困難的事。

「保持下去！ＢＵＦＦ道具還很夠喔。」

「「好！」」

結衣跟麻衣精神飽滿地回答。敵人得突破梅普露，跨越克羅姆，穿過奏的護壁、伊茲屏障、霞和莎莉的驅逐，逼出【巨人雄威】後再補上一擊，才能打倒危險至極的【大楓樹】主攻手。

愈是這樣想——

就覺得愈絕望。

「我實在不覺得怪物能突破這樣的打法……」

「怪物有一定水準，還是要小心啦。最好是全部一起過嘛。」

「是啊，這樣最好。小心一點吧。」

莎莉說得沒錯，魔王可是那個在活動時打出超大範圍攻擊，還能完全變身成黑龍的國王。

那種誇張的對手，會使出什麼攻擊都不足為奇。

組隊戰鬥時，死了一、兩個才過是常有的事。

不過都來到隱藏區域了，還是會希望魔王戰過後能一起慶祝。

「和活動一樣噴龍息也很正常吧。」

「這樣我的護壁就感覺有點危險了。」

奏的強力防禦技能在ＰＶＰ時已經耗盡。現在他是有幾本魔導書能用，但還算不上足夠。

「這部分就看我的吧！」

梅普露能對廣域攻擊提供明確的抵抗。只要沒有穿透效果或固定傷害，再大的招式也沒意義。

「我們就準備補血吧。為了保險，再放點抗火就很夠了吧？」

就算受傷，也有傷害減免和立即回復頂著，足以維持戰鬥。

有能夠阻隔所有攻擊的梅普露，只是使他們站在異常的起跑線上，受傷時該做的事仍與其他玩家無異。

能夠造成傷害，戰鬥才算開始。梅普露也有高水準的減傷和持續回血能力，只是平時用到的機會不多，存在感薄弱。

現在的梅普露不只是防禦力高而已。

「可能會害我們打輸的危險，都先清除掉比較好。克羅姆大哥，我想先討論一下梅普露不好應付的時候該怎麼處理。」

「ＯＫ。先當作王什麼都會比較好。要是在場面亂的時候來一發剛好的，就可能會滅團了。」

別說莎莉、楓衣、結衣，伊茲和奏也是後衛型。梅普露只有防禦力高，霞這個前鋒則是以【AGI】和【STR】為主。

沒錯，【大楓樹】的特徵就是平均HP很低。只要受到重一點的攻擊，除克羅姆外都有瞬間陷入險境或死亡的危險。

是梅普露使他們能夠忽視這個弱點，盡情發揮各自特化的能力，【大楓樹】才會這麼厲害。

「如果要一起過，就算再危險也要盡量去救了。先想想危急的時候要怎麼救回來比較好。」

「看你的嘍，克羅姆。」

「我沒事是最好喔？有的話也都已經準備好了。」

就讓你們看看有兩個坦的好處。克羅姆用力舉舉盾，表現鬥志。

只要八人適切配合，再怎麼棘手的怪物都沒有打不贏的道理。

知道對方有什麼招，來得再多都有辦法應付。

他們就這麼順利地殺進城堡中央，來到一扇雕飾豪華的大門前。至此的旁道都已經繞過一遍，代表門後就是魔王的房間。

「好，總算到了。」

「好像……沒有出怪耶。」

「那就照平常那樣來嘍。」

「好，我馬上準備。」

與魔王開戰前若有時間準備，豈有不利用的道理。

所有人圍繞結衣跟麻衣，給她們餵藥水、捏水晶、灑粉焚香，盡可能疊ＢＵＦＦ提升戰力，塑造出連魔王也會被一搥打死的兩個怪物。

各種氣勢洶洶的靈光，使梅普露等人對她們寄予絕對的信賴。這背後可是有秒殺任何魔王的輝煌戰績掛保證的。

「全部放完了吧？」

「每次看都好炫喔～！萬無一失了！」

再來就是送她們到攻擊範圍內而已。

為了盡可能保留時效來對抗魔王，梅普露馬上下令進攻。

見七人拿好武器，梅普露一鼓作氣推開了眼前的大門。

門後是狹長的王座廳，位在最深處的王座上，就坐著渾身黑焰的國王。

「你們來啦。不用上前菜了吧？」

國王猛一伸展黑翼與尾巴，迸然彈指。

在奇妙的響聲中，王座廳的牆隆隆垮去，空間忽而擴大，以火牆為界線。

跟這座城的入口一樣，國王操作空間，將王座廳改造得更大了。

總之，這下國王要的廣大戰場就完成了。

「我上啦，可別兩、三下就倒嘍！」

國王升空的同時迸出黑色衝擊波，襲向梅普露等人。

梅普露當然隨之動作，加強防禦。

「【獻身慈愛】！」

張開的防禦區域比衝擊波更快包圍其他七人。

【獻身慈愛】的萬全保護承接了晚一步來到的衝擊波。

然後，在接觸的那一刻消失了。

「咦！」

不僅是梅普露，莎莉的【劍舞】靈氣，與結衣跟麻衣身上的重重效果，全都乾乾淨淨地恢復了原狀。

發覺那個攻擊會消除所有施加效果時，國王已經準備對他們擊出巨大火團了。

「涅庫羅，【幽鎧裝甲】！【守護者】！」

在這時臨場救急的也是克羅姆。現在有廣域保護能力的不只是梅普露，他也用技能幣換取了廣域減傷防禦。火焰燒出的傷害，用自癒力和莎莉跟奏的【治療術】撐過去。

「梅普露！我們兩個要守好！主要用【衝鋒掩護】和【掩護】！我會告訴妳什麼時候用！」

「好！」

【獻身慈愛】仍在冷卻。【機械神】、【毒龍】或【獵食者】不適合這種場面。現在塔盾手該做的是維持戰線，不是傷害輸出。

輸出的事有其他玩家能做。

能夠直接承受傷害的只有克羅姆和梅普露兩個而已。

「霞，我要上了！」

「好！我幫妳減輕負擔！」

莎莉和霞往國王飛奔而去。如果所有人都待在攻擊範圍裡，防禦會接應不暇。莎莉有【神隱】和【金蟬脫殼】，霞也有瞬間移動和【心眼】可以自保。現在沒有【獻身慈愛】，所有人聚在一起的風險很高。

國王身纏火焰高速飛行，對上前的兩人擊出火球。【ＡＧＩ】高的她們輕易躲開，觀察國王的樣子。

把周圍舞動的火焰當作單純的視覺特效太過危險，別說莎莉，霞也不會冒然接近。要這麼做，得先有足夠的勝算。

「【血刀】！」

「讓妳看看我練習的成果！【水道】！」

霞揮動液態鞭刀，莎莉游過流水，將武器變形為弓。

「【冰柱】！」

她要利用絲線打空中戰。使用弓箭，讓她能以不輸國王的機動力到處騰躍，放箭攻擊。

在空中倒立，時而下降時而上升，並準確射擊國王的模樣，甚至給人她就是主要用弓的錯覺。

兩人的攻擊，是要引誘國王像中魔王戰那樣發動護壁，讓結衣跟麻衣能夠打出真正傷害的布局。

可是國王不會只是挨打，她牽制莎莉和霞之餘在空中放出大量炎槍，射向後衛。

「我們自己可以處理，保護她們！」

「梅普露！麻衣給妳！」

「好！」

「「【掩護】！」」

梅普露和克羅姆分別保護麻衣和結衣。為防更無解的場面，克羅姆留住【多重掩護】，要用銅牆鐵壁徹底保護她們。

「【水牆術】【魔法屏障】！」

奏造出屏障保護自己和伊茲，但少了魔導書，威力實在不夠，仍然有幾枝炎槍射穿了屏障。

「伊茲，麻煩了！」

「好！菲，【道具強化】！」

路障在菲的強化下變得更加強韌。從道具欄拿出來就放在眼前的厚實牆堵被射得破碎不堪，但仍擋下了炎槍。

「涅庫羅！【死亡之重】！」

「糖漿，【甦醒】！【大自然】！」

克羅姆背後浮現骷髏特效。大幅降低移動速度的效果削減了國王的機動力，梅普露也趁機利用糖漿的力量，以巨大藤蔓阻擋去路。

「【高壓水柱】【冰凍領域】！」

莎莉也造出大量的水，緊接著用技能冰凍，架起通往國王的橋。

「【跳躍】！【第一式・陽炎】！」

霞順勢飛身上前。跳躍後瞬移到國王面前，承受火焰造成的傷害砍下一刀，再度破壞護壁。

逼到這麼近，國王的目標自然立刻聚集到霞身上。火焰纏繞利爪，必殺的龍臂往霞

的身體直刺而來。

然而——

「【第三式・孤月】！」

霞先以技能高速脫離了。她利用不同於莎莉的獨特機動力，以跳躍拉開距離。

國王遭到霞阻擋的視線也因此開闊。她的背後，經過奏和伊茲重新提升速度，受克羅姆和梅普露保護的最強之矛殺過來了。

結衣跟麻衣渡過冰橋，舉起了巨鎚。

「要上嘍！」

「嗯……！」

「「【遠擊】！」」

一次掃出了十六道衝擊波。它們瞬時抵達才剛失去護壁，且仍處在攻擊動作之中，不及閃避的國王，將她打在另一邊牆上。

「成功了！」

「打得很漂亮耶！」

那是他們事先準備的連招之一。所有人各司其職，與主攻手完美搭配。

兩人的攻擊都是劇烈到連一擊都難以承受。

而且這下是十六連擊，能撐住的是少之又少。記憶之中，也只有需要眾多公會圍攻的團戰魔王而已。

可是，一道黑影從火牆之中飛了出來。國王依然健在，且更驚人的是，失去的ＨＰ只有想像中的好幾分之一。

「「咦咦……！」」

「麻衣，結衣！」

「我們先撤退！」

霞和莎莉抱起不敢置信的兩人逃離現場。

下一刻，火焰掠過了四人原先位置。

「還是有受傷，是有會隨威力提升的護盾嗎？」

「可能吧。現在每個玩家都強，也許是設計成不讓玩家一擊殺。」

雖然能用普攻或基本技能打出這種傷害的只有她們，但雛田降低防禦後的【爆碎拳】，使用【多重全轉移】的【斷罪聖劍】等，只要堆疊正確的強化或弱化效果，其他公會的攻擊手也能打出巨大傷害。

下次更新就是第十階了，怪物的強度需要能夠對抗玩家至今累積起來的技能，隱藏區域的魔王就更不用說了。

「不想讓我們贏得太輕鬆嗎！」

「不過還是有打出傷害了，再多來幾次！」

即使國王擋得住結衣跟麻衣的攻擊，仍不會改變她們是最高火力的事實。

單次傷害高，瞬間火力也就高，冒點風險來降低攻擊次數也足夠強勁。

「我和莎莉幫妳們製造機會。」

「繼續看準時機打就對了。」

「「好！」」

隨霞和莎莉再度跳出來，國王又放射大量火焰。

「這一招已經——」

「被我們看破了！」

兩人在傾注的火雨中穿梭向前。國王在空中到處飛動，變換位置擊出火球，卻被她們依其宣告全部躲過，不停逼近。

對於不拿盾的玩家來說，迴避力就是生命線。若不使用技能就能躲開攻擊，躲得愈多，戰況就愈有利。

霞對於迴避也已十分熟練，莎莉就更不用說了。

「【風刃術】【火球術】！」

「【血刀】！」

莎莉用魔法拆除護壁，霞幫忙多打點傷害。攻擊是以結衣跟麻衣為中心沒錯，不過該出手還是會出手。

想在專注力降低前結束戰鬥，把握機會多少削點血是很重要的事。

不過國王也不願持續受傷，打出下一波攻勢。

以炎槍攻擊後方。

範圍大，威力高。但面對如此的強力攻擊，在後方等候的梅普露等人早已做好了更加萬全的準備。

「牆壁放出來！」

「梅普露，記得用【掩護】保險！」

「知道了！」

「【魔法屏障】！」

伊茲在莎莉和霞吸引國王注意時設好了路障，而且和先前倉促裝設的不同，是以好幾片組成真正厚實的牆，配合奏的屏障，碎而不倒地擋下了王的攻擊。

「這樣就有空了！梅普露！」

「莎莉！我也可以打了！」

「ＯＫ！」

「【全武裝啟動】！【開始攻擊】！」

不直接命中也沒問題。梅普露以彈幕限制國王的移動，如果能除去護壁就更好了。

在梅普露將重心移到攻擊上時，伊茲也趕緊設置緊急避難用的路障，並花錢加造更多路障加強防禦。只要有時間、空檔和材料，這屏障就沒有冷卻時間。

「【古代兵器】！」

飄浮在梅普露身旁的黑色方塊發光擴散，串起每一小塊的藍色光束交錯成網。

「梅普露，幫我鋪路！」

「糖漿，【大自然】！」

「【第八式・疾風】！」

霞踏上梅普露拉往國王的道路，在長長的粗大藤蔓上加速奔去。

「好……【最初式・虛】。」

進入攻擊範圍的霞頭髮立刻刷白，以其特有的瞬間移動，無視是否有立足之處，直接轉移到國王背後。

克服耐用度降低的負面效果而刺出的刀，破壞了國王的護壁。

「【第七式・破碎】！」

斬出的刀直擊國王背部，擊退效果使其往前方飛去。

而梅普露幾個，正等著被霞刻意繞到背後而擊飛的王。

「看你們了！」

克羅姆和梅普露戒備著可能的攻擊，結衣跟麻衣舉起武器。

等到確實進入攻擊範圍後——

「「【擲出武器】！」」

飛出去的鐵塊跟飛來的國王撞得亂七八糟，往反方向彈開。

劇烈的傷害本該又遭到削減，但威力仍遠超過霞的一連串攻擊，大幅削減了國王的ＨＰ。

在她們操作道具欄，取回擲出的巨鎚重新裝備時，國王又展翅高飛。

「很行嘛，那我就再認真一點吧。」

國王張開雙手，頭上隨之產生超巨型火球。

如果把整個地面都燒掉，路障是擋不住的。

「各位，能收的趕快收一收，這裡我來處理。」

奏對試圖防禦的人這麼說，所有人都回來回收路障。

漆黑的太陽從空中墜落。

被那擊中可不是開玩笑的。

「湊，【甦醒】。」

奏仍然從容不破地叫出湊。

並以【擬態】使其變成梅普露的模樣，在就要著彈的那一刻——

「湊，【獻身慈愛】。」

能夠抵擋一切侵害的溫暖光芒包圍了八人。

化為梅普露的湊擋下了熾烈的黑焰。

儘管冷卻時間長，一場戰鬥裡恐怕用不了第二次，但在著重於技能的這個遊戲裡沒什麼比這更強的能力了。

「我們繼續牽制，拉好距離喔。」

「謝啦，奏！」

要趁湊還能維持【獻身慈愛】時，趕緊離開燃燒的地面。

奏接連張開魔法陣，湊則是使用【機械神】、【古代兵器】、【毒龍】和【流滲的混沌】等，能射的都往國王射出去。【擬態】解除以後一樣不能用，保留也沒意義。

即使有護壁阻隔，這仍賺到了一些傷害，並抑制了追擊。不久【擬態】解除，可說是功成身退了。

「魔導書裡有方便的嗎？再來怎麼防？」

「我先以麻衣和結衣優先。你們可以靠減傷撐一下嗎？」

「嗯，知道了。」

霞、伊茲和奏是有機會藉著提升防禦力和減傷撐過攻擊。

既然不能完全抵擋，就兼用補血維持戰線。

「危險的時候，就照講好的把保留的技能一一打出去吧。」

「好。」

像剛才那樣的超大範圍攻擊，得用相應水準的手段才擋得住。

這邊牌數有限，必須謹慎判斷使用時機才行。

「那我先用【救濟的殘光】！」

梅普露背上張開四片白色羽翼。一開始沒用這個減傷技能，沒被取消。

對已經準備受傷的克羅姆等四人來說，這個等於提升ＨＰ的技能極其可貴。

雙方重整旗鼓，進入第二回合。王雙手握持火焰構成的長槍急速下墜，往梅普露幾個逼來。

「【第十式・金剛】！」

為了保護後方，梅普露和克羅姆不得不退。

因此，霞就得扮演上前抵擋國王突擊的角色。

她發動自己的減傷技能，在梅普露的強化效果幫助下與國王正面接戰。

「喝啊！」

王有兩把槍，霞有三把刀。

她以自由行動的妖刀抵擋炎槍，將傷害壓到最底限，以【武者之臂】砍回去。平分秋色。不，還是國王略占優勢。即使減低了傷害，霞仍然不利。

國王是魔王，能力值和ＨＰ都和玩家不是一個級別，身上還有能持續造成傷害的火焰，又有能夠抵銷傷害的護壁，不能一對一換血。

「菲，【道具強化】！」

「【治療術】。」

啪唧一聲，週邊漫起綠霧。伊茲的持續補血道具和奏的治療魔法，將霞的ＨＰ拉回安全範圍。

但緊接著，八人腳下發出亮光。

範圍極大，顯然是顯示下次攻擊的位置。

克羅姆立即斷定自己無法完全擋下這一擊，他使了個眼色。對象不是梅普露，而是莎莉。

「【高壓水柱】！」

莎莉往後方造出瞬時噴射的激流，連同正在戰鬥的霞一起推開。

驚險避開了緊接而來的沖天火柱。

儘管如此，國王的追擊仍未停止。

炎槍從空中傾注而來，地面也出現一個個光點，範圍不大，但感覺會出現大量火柱。

「真的認真起來啦……！」

在這種場面，就能體會到梅普露的防禦力和【獻身慈愛】的搭配有多麼強大。

然而沒有就是沒有。

行動範圍限制成這樣，很難在保護奏、伊茲和結衣跟麻衣的狀況下找到能擊敗國王的位置。

雖能用伊茲的路障，和梅普露一起加強防禦。可是現在機動力受限，又每一擊都會是致命傷，光是防禦就忙不過來了。

「莎莉，能幫忙削血嗎！有點罩不住啊！」

「看我的，這點還很好躲。」

「加油喔，莎莉！」

現在國王攻擊密度高成這樣，只能交給【ＡＧＩ】高的她們處理了。

梅普露這邊要努力撐下去，等待攻擊模式因ＨＰ減少而產生變化。

如果攻勢變得更加猛烈，到時候也只能放手一搏。

在結衣跟麻衣無法一擊殺的狀況下，想打倒國王就得面對她的全力攻擊了。

莎莉相信梅普露和克羅姆一定能守好，與霞一同向前。

「交給妳砍了！」

「好！」

莎莉將武器變成弓，高速凌空飛躍射擊國王。

迴避能力不受影響，可以用不遜於國王的速度四處移動，破壞護壁。

本就技術高強的她，從新的獨特裝備得到魔法以外的遠程攻擊後，進一步確立了現在這般變幻自如的戰鬥方式。

難以閃避的情況下，還能將武器變成盾牌抵擋攻擊。

國王愈是攻擊莎莉，其他七人就愈輕鬆。儘管她ＨＰ是一擊就死，大家仍對她無比信賴。

「【第一式・陽炎】【第三式・孤月】！」

霞配合莎莉衝向魔王。無論對方動作再快，只要仍在技能範圍內，就躲不過霞的瞬移。

霞在空中瞬移強行斬下一刀，再跳向飛往莎莉的國王背後追擊。

國王再度升空拉開距離，無法自由飛舞的霞則是墜落。

「霞，給妳踩！」

「謝謝！【第四式・旋風】！」

然而，現在的她們還有很多事能做。莎莉用【步入黃泉】在空中製造踏點給霞踩踏，霞以【跳躍】追上國王予以連擊，破壞護壁並造成傷害。

「【水道】【冰柱】。」

莎莉游過空中延伸的水流追上霞並跳出來，以絲線抓住她。

沒有跳躍技能能用時，莎莉就用絲線拉她一把。

這一拉將她直接拉到了王面前，霞順勢舉刀。

霞藉減傷強行突破火雨，接下來只剩擊出大招。

這時護壁再度復活，使得霞眉頭一皺。

不過幾乎就在這一刻，後方射來的一枝箭預見於此似的破壞了護壁。

「再來看妳啦。」

「【最終式・朧月】。」

準確掌握護壁重生時間的莎莉分毫不差地破壞了最後防線，霞也無視飛焰造成的傷害，披散刷白的頭髮打出十二連擊。

每一刀都是又重又快。即使受到炎槍焚身，霞仍一截截地削去國王的ＨＰ。

十二連擊結束的瞬間，莎莉再度製造空中踏點給霞踩踏。霞稍微躍起，來到失衡的國王斜上方。

「【第七式・破碎】！」

砸也似的揮下的刀直擊國王肩坎，將她打向地面。這是為了確保足以自補的距離，同時也是為一直在等待這一刻的主攻手鋪路。

「空中拜託你們了！」

「這裡我們來！」

奏與伊茲用屏障與道具遮蔽從天而降的火雨，來自正面的火焰則由梅普露和克羅姆抵擋。

吸引國王注意的兩人逐漸拉近距離，果然就是為了這一刻。

「「【遠擊】！」」

無路可逃的大面積衝擊波來了。霞的十二連擊之後，是結衣跟麻衣的十六連擊。劇烈連擊大幅削減國王的ＨＰ，使其再一次往牆飛去。

但儘管如此，梅普露幾個仍見到國王的ＨＰ還有剩。

「……我就陪你們打到最後吧。不枉我擴大場地了。」

國王的聲音出現異狀。接著火牆裂開，巨大黑龍頭伸了出來。隨後是爪子尖銳的腳，粗壯的翅膀。完全化為龍形的國王，頭一次在擴大的空間裡盡情飛舞。

隨後的咆嘯震撼空氣，破壞了他們造出的冰柱或路障等物體。

而見到湧現於那血盆大口的火焰時，所有人都知道接下來會發生什麼事。

「靠你了，梅普露！」

「【快速換裝】！」

「「【治療術】！」」

梅普露換上潔白鎧甲，莎莉和奏立刻補足多出的ＨＰ上限，隨後國王放射的熾烈龍息化為鋪天蓋地的火海逼來。

具有超越一定界線，一般方法無法抵擋的破壞力。

對於超常之物，就得以超常方式應對。

這邊也有不受常識拘束的最終兵器。

「【神盾】！」

迸發的光芒形成穹頂包圍八人，抵擋熾烈火焰。

那是大範圍的無敵效果。無上的強大防禦技能，將國王的必殺一擊化為無物。戰鬥來到最後局面，對方顯然不是犯錯也能戰勝的角色。

「再來要更專心喔，梅普露。」

「嗯！」

只差臨門一腳了。八人注視變成龍的國王，握緊武器。

梅普露的強力防禦技能【神盾】才剛抵銷國王的攻擊，以龍形飛翔的國王張開的巨口不久又湧出火光。如果必須以【神盾】對抗的攻擊接二連三地來，恐怕顧不了所有人。或許不至於全滅，但資源不夠在守住結衣跟麻衣的情況下戰勝國王。

在失去【獻身慈愛】的現在，半吊子的持久戰只會有反效果。

「龍息的話……」

「我們來想辦法！」

結衣跟麻衣依舊是拿火雨沒辦法，可是對於龍息這樣的大招就有對策了。

「ＯＫ！奏、伊茲，來幫忙！」

「看我的。」

「我擋一點沒問題！」

「「【掩護】！」」

伊茲和奏以道具和屏障抵禦火焰，梅普露和克羅姆以塔盾擋下剩餘部分。隨後，在火焰爆發的聲響中，國王噴發了要燒盡一切的必殺龍息。

「姊姊妳先！」

「知道了……！」

由克羅姆保護的麻衣跳出他背後，舉起八把巨鎚。

麻衣毫不畏懼地注視火焰逼近，將緊握的巨鎚揮了出去。

「【巨人雄威】！」

巨鎚撞上火焰。國王的龍息具有超常破壞力，而麻衣又何嘗不是。

麻衣的巨鎚犧牲了速度、血量、抵抗力等各種要素，換來超脫玩家範疇的異次元攻擊力，將襲來的火焰完美彈回國王的所在。

「妳們兩個跟我來！」

莎莉指揮結衣跟麻衣前進。國王的攻擊範圍持續擴大，劇烈的龍息也十分強勁，但

現狀不是只有變差而已。

「體型那麼大，不用特別安排了吧。」

霞以【血刀】掃開火焰，莎莉用魔法生成牆堵，製造了那麼一點點的空間。

這次不需要像先前那樣仔細準備了。

目標體型變大，動作也變慢了。這樣結衣跟麻衣的攻擊就容易命中許多。

「「【遠擊】！」」

其實國王的HP已經降到只剩一波攻勢的量了，必須速戰速決，而他們也有這樣的火力。

「【全武裝啟動】！【古代兵器】！」

梅普露用完【神盾】就恢復原來裝備，使用【古代兵器】發動總攻擊。

「梅普露，借我用喔！【全武裝啟動】【虛實反轉】！」

「我也來。」

「我來掩護！」

莎莉跟梅普露一起布展大量武器進行掩護射擊，伊茲在一旁發射炸彈，奏同時使用屏障和魔法攻擊。

「【多重掩護】！」

克羅姆則幫忙爭取四人攻擊的時間。不過國王的HP仍未耗盡，八人的眼中又映出龍息的預兆。

但這也在預料之內。

這次換結衣挺身面對業火。麻衣做得到，結衣自然也可以。成功是早已確定的事。

「【巨人雄威】！」

結衣同樣準確彈回業火。國王噴火自焚，所剩不多的ＨＰ繼續下降。但就在眾人以為這次反彈能夠擊敗國王時，她卻保住了一絲絲ＨＰ，而且她已經重整架勢，口中與背後火牆都噴出火焰。

「糟糕……」

「梅普露！」

「【暴虐】！」

梅普露隨莎莉的呼喚變成異形，從後方跳出來，被燒個正著，但她巨大的身軀卻擋住了國王的火焰。

背後七人逃過一劫，梅普露以全身承受火焰向國王奔去。

火焰與緊接而來的利爪先發卻沒能制人，以防禦力硬是使它們失去作用的梅普露往空中的國王跳了過去。

換她嘴裡的火燒在國王身上，利爪撕裂對方身體。

「這下怎麼樣！」

嘴一口往國王脖子咬下去。

所有人協力削減的ＨＰ終於歸零，國王恢復人形。

火牆也隨之消失，空間恢復原來大小。

一切都表示這場激烈的戰鬥已經結束。

第二章　防禦特化與夢幻旅程

恢復原狀的國王落地後豪爽地笑起來。

「哈哈，有一套！我玩得很高興，賞你們的，儘管拿吧。」

國王一個彈指，叫出一口寶箱。

「有空再玩吧，等我們都變得更強以後。對了，就訂在你們再多攻陷幾座這種城以後……如何？」

國王留下這句話，又心滿意足地哈哈大笑，在火焰中消失了。

「喔……還有後續的感覺喔。」

「隱藏關卡的隱藏要素是吧。」

「這提示很少，找起來很累的樣子。我讀過的書裡應該沒有類似的東西。」

「所以說，剛那些話就是全部提示了吧。」

「有想到什麼可能的嗎？」

說到隱藏區域的城堡，梅普露和莎莉便想到過去攻略過的浮游城。

「說到這個……那裡的王也是龍耶！」

「感覺有關聯喔！」

「她說多攻陷幾座……所以說其他階層還有嘍？」

「只能自己去找了。這裡也是碰巧找到的，沒那麼簡單吧……有提示就不錯了。」

只要在探索時多注意一點，找到線索的可能就提高很多了。

【大楓樹】就此多了一個需要花長時間達成的目標。

「啊，這就說到這裡吧，趕快來開寶箱。好，這裡就恭請我們的會長開個好彩頭吧。」

「梅普露運氣這麼好，如果裡面是隨機的，會開得比我們好吧。」

「真、真的嗎？」

這好歹是隱藏區域最深處的全力激戰。國王那麼強大，留下的寶箱自然也令人充滿期待。

既然是八個一起來，由梅普露代表【大楓樹】開箱，誰都不會有異議。

「那、那我開嘍？不要太期待喔？」

梅普露手扶箱蓋，慢慢推開。

「喔喔！」

「塞滿多的耶。」

首先見到的是滿滿的金銀財寶，一整堆賣錢道具。有用歸有用，但這可是隱藏區域，豈能僅止於此。於是梅普露推開寶山，挖出底下的材料和消耗品，在最底部發現兩捆卷軸和一個手鐲。

「看來不是人人有獎了。」

「既然是卷軸……」

「就是技能了吧！」

「大家一起看吧。」

梅普露拿起卷軸，查看提供的是什麼技能。

兩捆卷軸記錄的是相同技能。

【龍捲風暴】
消耗50ＭＰ。
在空中形成炎槍，於一定時間內攻擊周遭。

「就是一再搞的那個嘛。」

「效果很單純，感覺誰用都很強……」

若能重現國王的攻擊，想必對怎樣的對手都能施加不小的壓力。

可是——

「50MP的話，我跟姊姊現在不能用。」
「所以給你們分吧。」
「我也不夠……啊，可是裝在裝備的格子裡的話就多少可以用嘍！」
「再來就是我、霞、奏、伊茲、莎莉五個了。」
技能和魔法在這遊戲裡很重要，一般而言都會點出必要MP。
50MP不是用不起。
「我就PASS了。能和大家一起出來打，我就很滿足了，而且我不缺廣域攻擊嘛。」
奏敲了敲浮在背後的書架。只要想想他過去的表現就知道他說的是實話。
「我也不用，這東西本來就是以戰鬥為主嘛。我在戰鬥裡頂多就是輔助而已。」
「其實妳也是很能打啦……不過我懂妳的意思。」
麻衣、結衣、奏和伊茲都退出，剩下四個人了。
「莎莉莎莉，我在想一件事……」
「……可以給我猜猜看嗎？」
「咦？妳知道啊？」
「妳想給霞和克羅姆大哥對不對？」
莎莉的回答讓梅普露目瞪口呆。

「我就知道妳會這樣說，因為我也這樣想。這裡是他們找到的嘛。」

「……真的可以嗎？」

「能拿的話，我當然樂意接受啦。」

卷軸無疑是貴重物品，不過梅普露和莎莉都一點也不介意。

「呵呵，那要拿出好表現喔？」

「看你們的嘍！」

這當然沒問題，克羅姆和霞當場打開卷軸。那給予他們新的力量，【大楓樹】獲得了兩個強力廣域攻擊。

克羅姆可以在敵人接近時予以痛擊，霞則是多了個能利用機動力，衝進敵陣有效攻擊的手段。【龍捲風暴】不會有找不到地方用的困擾。

「那我就感激地收下啦。手鐲這邊呢？」

克羅姆拿起手鐲查看所以然。

「龍之殘火」

【MP＋30】

【龍炎槍】

最多生成兩把炎槍，一定時間後自動消滅。

「喔喔，有附技能耶。」

「說不定是稀有道具。飾品加攻擊技能的不多吧。」

「對呀，感覺都快麻痺了。」

「我們身邊神奇地還滿多的。」

懸空的十二隻白手，以及會變成武器的黑色方塊在他們背後飄呀飄地，但這些就先不提了。

寶貴就是寶貴。

「又不是獨特裝備，試試看怎麼樣？」

「是在空中叫出來嗎？」

「會是什麼效果呢……」

「好想看一下！」

「好，等我一下。」

克羅姆卸下飾品並裝上「龍之殘火」，立刻試用技能。

「唔喔！」

一用就有了變化。拿短刀的手迸出紅火，火焰化為槍形留在手中。

再用一次，換持盾的手竄出火焰，同樣化為槍形。

「還可以換方向拿……嗯……好像不太適合我耶。」

「算是加長攻擊範圍吧？」

「如果是薇爾貝那樣不拿武器的類型，或是法師想在被貼身時反擊，或許會很有用……」

對於雙手都有東西的人來說，多拿兩把槍有點礙手礙腳。

「我們的飾品都已經滿了……」

「而且兩把也沒有比較多。」

比起手上多兩把槍，能在空中自由揮動的兩把巨鎚還比較值得占用寶貴的飾品欄。

「本來是不太會那樣啦……不過對妳們來說就是了。」

「我就算了，已經拿技能了。」

「我也ＰＡＳＳ。實在不覺得我能用得好。」

「我也是。我有菲了，而且到了現在，還是保持用道具戰鬥比較好。」

如此一來，能用的只剩一人了。

「那麼，莎莉。」

「真的嗎？」

莎莉這麼問，梅普露和其他人都點了頭。

「是啊。怎麼想都是妳最會用嘛。」

「妳已經證明妳其他武器也能用得很好了。」

「既然這樣，我就不客氣啦。我會在下次探索裡好好用它的。」

莎莉更換裝備，將匕首收回鞘中並發動手鐲，在手裡生成兩把炎槍。

「用起來是視為收起武器的狀態啊……原來如此……」

接著是確認過範圍，以及火焰也確實能抵擋攻擊等，用新武器打雙槍流時起碼該了解的事。所幸除了由火焰構成外，沒有任何怪異的部分，莎莉不用多少時間就能上手。

「第十階就快上線了，在那之前先來找隱藏區域的城堡吧。」

「現在有城堡的只有浮游城吧？」

「我沒聽說過其他的耶。」

「多花點時間也沒關係吧，反正隱藏區域不會跑。」

「時間啊……」

他們的對話讓梅普露難得表現出煩惱猶豫的樣子。

「媽媽叫我要開始用功念書了……第十階和活動應該是玩得到啦，在那之後恐怕不能像現在這樣那麼常上線了。」

聽梅普露這麼說，大家才想到考期到了。

「對喔，都到了那種時候。那就沒辦法啦，遊戲和現實都很重要。」

「對呀，兩邊都重要。」

「那第十階，我們大家就一起分工合作，達成最終目標吧。好像會有強力魔王的樣子。」

「好哇！」

「我會努力的……！」

「所以要的就是快速攻略吧。這樣的話梅普露也能玩到最後。」

只憑八個人要探索那麼大的區域，肯定有難處，但以十階大關來說是個正好的目標。

路上有多少辛勞，就會讓達成目標的成就感放大多少倍。

「對了，梅普露要考試，等於莎莉也要吧。」

「對呀，很遺憾……」

莎莉的表情跟她的回答一樣。

雖然【大楓樹】所有成員都是強力玩家，不過核心人物總歸是建立公會的梅普露和莎莉。

她們在或不在，肯定會對日常探索與活動中的戰鬥產生不小的影響。

「妳們兩個都能玩到差不多時候嗎？」

「嗯。」

既然如此，八人的目標就能確立了。要快速探索與打倒強敵，然後再擊敗待在最後頭的最強魔王。

「那就麻煩大家嘍！」

大家紛紛對梅普露表示不用客氣。想避免虎頭蛇尾，就得盡全力玩到最後。

「…………」

她一直都知道。

早就注意到了。

只是選擇忽視。

忽視總會到來的這一天。

莎莉短暫閉上眼睛。

至今的幸福旅程、夢幻時光，能夠如此地歷歷在目，是因為那全是快樂的回憶。

多希望時間能停在這裡。

莎莉想著自己不可能實現的願望，笑得有些感傷。

「……梅普露，那就要把握時間全力幹掉魔王喔！」

「嗯！看妳的嘍，莎莉！」

「哼哼，看我的吧！」

既然天下無不散的筵席。

既然無可奈何。

那就讓梅普露開心到最後一刻吧。

莎莉對梅普露露出相信自己一定能做到的笑容。

第三章　防禦特化與期待來日

日月流轉，天氣變得冷颼颼，能清楚感到季節的腳步。楓和理沙呼著白色霧氣一起走向學校。

「就是這週末了……可以嗎？」

「應該可以！」

「那就好，這樣就能一起去了。」

沒錯，這週末就是第十階地區上線的日子。如果可以，【大楓樹】當然是想全部約好一起去。如果能一次通過通往第十階的地城，就能早一點開始探索。

「楓，妳開始念書了嗎？」

「嗯。如果這次考試結果有變好，稍微多拿一點時間來打電動應該也沒關係！」

「居然會有聽到妳講這種話的一天……」

「吼～那理沙妳自己咧？」

「剛開始是稍微有被限制，不過後來成績有愈來愈好。」

「喔～！呵呵呵，妳有這實力的嘛～」

「還好啦。現在我怎麼可以被禁呢？」

再過不久，就要進入無法自由自在玩遊戲的時間了。接下來幾個月將會無比重要，為了顧全現實和遊戲，可不能怠慢學業這塊。

「理沙，妳今天怎麼樣？」

「嗯……現在最好把時間都留到週末，今天就念點書給媽媽看吧。」

「那我們今天晚上就一起念書吧。」

「好哇。可是別搞到週末時身子累壞了喔？」

「嗯，我會小心。」

兩人一路閒聊，趕往學校。

教室裡還沒有人，兩人放下書包又繼續聊。

「理沙，妳有什麼打算？」

「我現在還不想念太遠的學校，妳呢？」

「我也是～不過很可能不能跟妳一起了……」

兩人已經共度了很長一段時間，長到少了彼此會覺得不對勁。

「感覺好奇怪喔。妳還記得我們剛認識的時候嗎？」

「當然呀！」

理沙看著活潑回答的楓，懷念起那時候的點點滴滴。

「完全沒想到妳會玩這麼久耶。」

「嘿嘿嘿，就是啊～」

「最近在遊戲裡也都一起打。」

「就算人分開了，在遊戲裡就見得到了呢。」

「嗯嗯，這就是線上遊戲的好處。」

線上遊戲不受現實距離阻隔。只要兩人能同時上線，隨時都能相見。對，簡單得很。

「就算現實上不能天天見面，週末約出來一下也可以啦，距離不遠嘛。」

「嗯！還很久的事，不要想太多。」

「對呀。妳要好好加油，考上想去的學校喔！」

「好～！那不可以忘記今晚要開讀書會喔？」

「那當然！」

時間很快就過去，來到期盼的相約之時，兩人放學後迅速做好各種準備，開始語音對話。

「那就先念到晚餐時間吧。」

「嗯，先這樣！」

兩人各自翻開課本，開始讀書。

「理沙，妳最近成績愈來愈好耶～」

「我都是用遊戲衝高分的態度在念的啊。現在說什麼也不能讓家裡有藉口禁止我玩遊戲。」

「啊哈哈，很有妳的風格。」

時間都花了，當然要以好成績為目標。理沙的心態可說是起了正向作用。

理沙的成績能夠一天比一天進步，全是因為她一秒鐘也不想浪費現在的幸福時光。

「不過我看妳已經沒問題了耶～」

「其實沒那麼樂觀啦。而且成績進步以後，稍微一退步都會很顯眼。」

「好像是這樣喔，那就要多努力一點了耶。」

「說得沒錯。」

楓和理沙就這樣一連念了幾小時，快到晚餐時間才告一段落，闔起課本。

「好累喔……不過好像念了很多喔！」

「辛苦啦。」

「週末終於能上第十階了！一定要把念書的時間玩回來才行！」

「很好，我也是這樣想。」

楓居然也會那樣講，前一陣子可是完全無法想像。無論過去一起玩過了多少遊戲，能確定的是，楓是第一次這麼愛玩一款遊戲。

對此理沙有點開心、有點落寞地對楓提個建議。

「第十階啊，我們都一起逛吧。」

「都一起？……當然好啊！」

「我們要找出很多隱藏區域，打倒強大的魔王，欣賞各種美景喔。」

「公告有說第十階很大……應該有很多地方能去！」

「我也很期待。」

「嗯嗯！」

能玩就該玩，莫待無花空折枝。

畢竟不一定會有下次。

不，是因為恐怕不會有下次。

「……現在，一定要好好把握時間玩才行。」

「等不及了耶～」

「呵呵。嗯，就是說呀。」

兩家樓下都傳來呼喊聲，晚餐時間到了。兩人結束通話後便各自下樓去。

◆□◆□◆□◆□◆

讀書會隔天，第十階上線時刻倒數之中，【大楓樹】的訓練場轟隆作響。

「【紫電】！」

「朧，【黑煙】！」

薇爾貝和莎莉正在訓練場決鬥。莎莉理所當然地閃避著薇爾貝的閃電雨，並隱身於圍繞薇爾貝的煙霧之中，瞬時之後從她身旁出現。

不過薇爾貝沒有反應，不僅容許莎莉接近，即使刀刃都快碰到身體了也沒有任何防禦動作。

結果襲來的莎莉在接觸的同時搖然消失。

「我不會每次都被同一招騙啦！」

當黑煙散去，看見莎莉保持著距離，躲得遠遠的。

「既然看不出來真假，受傷以後再打回去就行了啦！」

「妳的確是可以這樣做呢。」

用了技能，薇爾貝也能達到與莎莉同等甚至更高的機動力，也具有一定水準的ＨＰ和防禦力，足以衝進敵陣大幹一場。

儘管莎莉能利用幻影，變幻莫測地單方面製造傷害，但若想用匕首打出重擊，就非得本人上前不可。

所以不如耐心等她接近，確定是本尊以後轉守為攻。

切肉要斷骨。在互相製造傷害的狀況下，會先倒下的顯然是ＨＰ仍在初始值的莎莉。

「怎麼樣！」

「既然這樣，我就換個方法打嘍。」

莎莉將一把匕首收回鞘中，另一手的變形成弓。不能接近就不要接近，莎莉已經不是只有一種武器了。

「每種武器都能變是嗎？」

「就是那樣。妳要等的話，我就射死妳！【冰柱】【水道】！」

幾個冰柱與流過空中的水道隨莎莉的宣告出現。

「我上嘍！」

並從手中射出絲線，在薇爾貝周圍的水中、空中與地面高速自由來去，上跳下竄。

「……！」

儘管到現在都很難相信，不過莎莉恐怕是不會被閃電雨打中了。然而薇爾貝仍不想主動貼身攻擊，因為攻擊動作會造成破綻。這樣做只會正中莎莉的下懷。於是薇爾貝盡可能準確閃躲飛來的箭矢，觀察莎莉。

每次躲開雷擊，都會加強莎莉【劍舞】的靈光。薇爾貝雖不知那究竟有哪些效果，可是箭矢偶爾命中時造成的異常傷害，告訴她不能放任莎莉白白射下去。

莎莉不會接近，那就只能主動出擊了。薇爾貝衝向前去。

「好痛啊……！」

「【極光】！」

如果必定會有破綻，那就盡可能減少。

光柱般的雷電從她向外擴散，範圍內的一切都會遭到電擊。

沒有擊中的感覺，可是薇爾貝這樣做是有目的的。【極光】對莎莉來說是最糟糕的攻擊，只要在圓柱範圍內就有傷害判定，迴避力再高也躲不掉。現在【極光】進入冷卻時間，給了莎莉上前攻擊的理由。

謹慎的莎莉很可能不會冒進，繼續用弓射擊。儘管如此，薇爾貝仍投出了能誘出她特異行動的餌。

結果，莎莉在光柱消失的同時將弓變回匕首衝了過來。薇爾貝有點意外地愣了一下後，考慮到這可能不是本尊，把差點使出的技能吞了回去。

一擊還撐得住。她要盡可能觀察情況，注意週邊動靜。

貼上薇爾貝的莎莉擊出匕首，斬過胸部到腹部，爆出傷害特效。

「……！【震懾閃光】【紫電】！」

雖然正面突襲很教人意外，但既然她來了就不能讓她跑掉。薇爾貝移動著保持距離，打出震暈技能並向前擊出雷擊拳。

那準確地擊中莎莉，同時她的身影消散無蹤。

「……！」

接下來映入薇爾貝眼中的，是從自己背後刺穿胸部的兩把烈焰尖槍，以及沒有裝飾的樸素巨劍。

她是在哪一刻換位的？還沒能得出答案，經【劍舞】強化的三把武器已經清空了薇爾貝的ＨＰ。

這純粹是訓練場內的決鬥，輸了也會立刻原地復活，技能冷卻時間也歸零。

所以可以全力戰鬥。

「什麼時候！什麼時候換的！妳是什麼時候交換的！」

「當然不會告訴妳呀。妳覺得是什麼時候？」

「嗯……被打到的時候一定是真的，然後……」

與幻影交換，躲過【震懾閃光】與【紫電】再穿過閃電雨，繞到背後攻擊。

聽起來像是不可能，可是莎莉或許真辦得到。

「然後那個槍是魔法吧！威力超強的啦。」

「還好啦。」

莎莉有時繞到背後，有時設下水簾、冰柱，以幻影吸引注意。在薇爾貝的視線之外，發生了很多重要的事，但除了這點，薇爾貝什麼也沒摸清。

強烈表示莎莉的戰法是多麼卓越。

「結果這次也是什麼都不知道的啦。」

莎莉從薇爾貝的樣子，看出她還沒猜到核心。

從活動時開時，莎莉就經常在關鍵時刻使用的【虛實反轉】，使【幻影】產生的假象能夠暫時打出傷害。對於能在對戰薇爾貝與雛田時計算到換日時刻的莎莉而言，要掌握這樣的時機並不難。

這個絕招她總是用得非常巧妙，不讓對方發現真相，所以到現在只有【大楓樹】成員知道【虛實反轉】的正確效果。

答案很簡單，就只是在【極光】之後對調了而已。

但是未知的技能，會阻礙她找出正確答案。

除非莎莉主動公開，不然真相還要在黑暗中待一陣子。

「我的技能應該很適合打妳才對呀～」

「我也是這樣覺得。」

「看來要叫雛田過來了！」

「那我也要叫梅普露過來。」

「哈哈哈，那一定很好玩。」

要是移動能力再受到限制，連莎莉也難以招架。對薇爾貝和雛田來說，也需要彼此才能發揮最大戰力。活動都過去了，能這麼快就對戰也不錯。其實梅普露和莎莉準備的對策，只贏過對方一點點。那晚的戰鬥，誰贏了都不奇怪。

「【thunder storm】對第十階有什麼安排？」

「還沒看過所以不知道……我是打算第一個衝上去啦！」

當然會帶雛田。薇爾貝補充道。有雛田在，就能無視重力自由奔跑，沒有去不了的地方。

「不做任務的話，不知道能不能直衝魔王。」

「不可能那麼簡單吧，現在很多人的魔寵會飛嘛！」

飛行。經過活動後，已經確定這是很普遍的事。除培因和蜜伊以外，天上還有許多

各式各樣的騎士，只是騎烏龜的還是只有梅普露一個。

如此一來，設計上也會預防這一點才對。

「那你們怎麼樣？」

「我只有決定跟梅普露一起逛而已，我們也比較好約。」

「那活動呢？會來打ＰＶＰ吧？」

「這個嘛，是想打啦。」

「……這是會打的意思嗎？」

「這……還很難說。」

「咦咦！」

薇爾貝瞪大了眼。莎莉知道她想問什麼。

妳會來打ＰＶＰ，跟梅普露對戰吧？

她是想問這個。

「到活動那時候，我們現實生活會很忙，變得很難上線。」

「那不就應該……！」

「……薇爾貝，妳很喜歡ＰＶＰ嘛。什麼時候開始的？為什麼？」

「咦？這個嘛……嗯……我沒有那麼常玩遊戲，所以是原本就喜歡跟人競爭吧。」

「我也是原本就喜歡這樣，可是沒那麼喜歡的人也有很多，這是很正常的事。」

「是啊。」

「梅普露不討厭ＰＶＰ，可是應該沒我們那麼喜歡。所以……我不知道那對我們來說好不好。」

如果那將是她們最後的活動，莎莉只想讓梅普露留下快樂的回憶。如果能讓她快樂到最後，那麼從剛開始一起玩時就想跟她打一場的願望——

「放棄也沒關係。」

「妳真體貼。不……應該說笨吧。」

「…………」

「時間還滿多的，慢慢考慮就好了啦！在那之前，我來陪妳打！」

「妳是自己想打才這樣說吧？」

「也有啦！來，再打一場！我會記取教訓報仇的！」

「ＯＫ，看我把妳打回去！」

夢想仍有些遙遠。

抉擇容後再斷。

兩人重新面對面，發出開始決鬥的信號後朝彼此奔去。

第四章　防禦特化與前進第十階

翹首企盼的週末終於到了。通往第十階的地城與第十階上線的這一天，梅普露等人一個個來到公會基地集合。

「這天終於到了！」

「還要先打地城呢，希望一次就過。」

「畢竟還不會有任何情報嘛，不過應該是能一次過啦。」

「是啊，只要不粗心大意就沒問題吧。」

由於梅普露等八人前不久才一起攻克強力魔王，對【大楓樹】所能做的組合攻擊自信正高。

累積了九個階層的技能和等級，提供了各式各樣的戰鬥方式。

霞可以利用機動力擊退敵人，莎莉可以使用水與冰阻礙敵人或製造平台，克羅姆和奏能夠降低敵人速度。

會中麻痺的魔王很稀少，不過梅普露也能以異常狀態進行支援。

再加上伊茲的強化，結衣跟麻衣也能藉雪見和月見衝到敵人面前。

他們可以用很多種方式為主攻手鋪路，只要選擇風險最低且容易成功的一種，祭出他們的強項就行。

「都到齊了，我們趕快到地城去吧？」

「道具都準備好了，隨時可以出發。」

「那就騎小白去吧。」

「好～那就出發嘍～！」

目標是一次攻破地城。如果進行得順利，還有時間簡單探索一下第十階地區。

既然都準備好了，那就趁早出發。梅普露幾個一到野外就騎到【超巨大化】的小白背上，前往地城。

路上沒受到什麼怪物的阻礙，八人輕鬆抵達。

這次的地城入口，位在流水與自然、火焰與荒地兩國之間，具有雙方特色的區域。

大概從前是神殿吧，有些地方石柱圮倒，遭到水、冰或茂密植物掩蓋，有些古老鋪石被岩漿和電流挖得坑坑洞洞。

在如此區域中，有個發出藍光的魔法陣。

這次的地城就在傳點之後，從這裡無法窺知狀況。

「不曉得過去以後是怎樣耶……」

「我也不曉得要不要先開【獻身慈愛】再過去。」

上次國王開場就消除技能和強化效果的事浮現腦海。王總是特例，但無法斷言也是事實。玩家變強了，怪物也肯定會隨之變強。

在缺乏資訊的現在，得不出答案。

【獻身慈愛】的有無，會大幅影響戰鬥中所能做的選擇，不能隨便失去。

「先保留好了。要是傳過去就有危險，我先用【守護者】爭取一點時間。有必要就用吧。」

「知道了！」

「要是情況真的糟，我也會用魔導書。我有存到一點點強力的防禦魔法。」

安全第一。達成共識採取守勢之後，梅普露等人便一同踏入魔法陣。

嘩啦一聲，他們掉進及胸的水裡。傳點另一邊是沒入水中，以白色為主的古老建築內部。

牆上有類似燈的裝置提供光明，照出又高又寬的廳室與通道。

「麻衣、結衣，沒事吧？」

「沒事……還、還可以。」

「騎在雪見上就沒問題了！」

水位都到梅普露胸口了，如果更矮小的結衣跟麻衣不騎魔寵，會只剩顆頭在水面上。

「呃，這些水會降【ＡＧＩ】耶。一次少30％，滿痛的。」

「像我的【大海】那樣。」

只要接觸到肢體，就躲不掉它的降速效果。是可以用技能在水面之上移動，不過從地城構造看來，與其強行躲避，不如接受它來得容易。

雖然踩在地上就會降低【ＡＧＩ】，可是腳下很穩固。決定在情況不妙時靠強化效果撐過去後，一行人開始前進。

「嗯……好像隨時會有戰鬥的感覺耶。」

「對呀，所以路才這麼寬吧。」

「才剛說就來了！」

通道深處，有個人乘在發光的魔法陣上滑水似的接近。手裡拿著一把鑲有大塊藍色寶石的長杖。

頭上有血條。八人看著地城中第一個登場的怪物，準備戰鬥。

「只有一隻耶。」

「對啊，好像沒後續……」

前沒有護衛，後沒有援手，就只是一個魔法師。這詭異的狀況使得梅普露等人持續

觀察怪物的動靜。

忽然間。

他腳下的魔法陣猛然擴大。

平靜的水面高漲起來，化為龍捲風般的激烈漩渦一口氣衝過來。

「梅普露！」

「【獻身慈愛】！」

莎莉斷定這不是短暫防禦擋得住的東西。幾乎就在梅普露張開【獻身慈愛】的同時，鑽頭般激烈的水流撞了上來。

「……！」

梅普露有被水流沖走的感覺。她完全沒入水中，分不清上下左右那樣。

【獻身慈愛】只能保護範圍內的隊友，要是被沖走，就保護不了留在那裡的人了。

焦急的梅普露撞上牆壁而不再移動，好不容易把頭伸出水面。

「……小白！謝謝！」

「還好來得及把人都圍起來。」

「漂亮啊，霞。得救了……真是的，不愧是往第十階的路，連小怪都沒在客氣的。」

「現在怎麼辦？」

「梅普露姊姊不在的話，我們實在……」

「可是她現在那樣，不好處理耶。」

雖然【超巨大化】的小白圍起了八人，隔絕了激流，可是小白的軀體另一邊仍不停傳來瀑布底下般的轟隆聲。

【獻身慈愛】當然也會對小白起作用，但也只是不會受傷，激流附帶的擊退效果仍將梅普露按在小白身上，破壞陣形。

「嗯……會一直擊退耶，好像很難跟我們一起過去。」

每次保護都會往後退，這樣的防禦實在不穩。

「是有幾個方法能用啦……不過對方只是小怪的樣子，最好是採取盡可能不耗資源又安穩的打法。」

「既然小白有我保護……這樣怎麼樣？」

不斷被壓在小白身上的梅普露出了個主意。

「……的確是能穩穩打贏的樣子。」

「好，這次就試試看這招。」

「我來看情況。」

伊茲從道具欄取出長筒狀道具，從盤成一圈的小白上方伸出去。

這樣就能透過管子往外看了。

「看得很清楚喔。我的天啊……水好像根本不想停。」

「妳什麼都有耶。」

「也不是什麼都有啦，只有我自己做的東西。」

「有可疑舉動就麻煩報一下。小白！」

霞對小白下指示，那巨大身軀隨之轟隆隆地蠕動，龍捲風似的維持蜷曲慢慢往怪物移動。

「到這裡應該可以了！」

「小白！」

霞再度下令，只見小白伸長身體，保護著【大楓樹】所有人並鑽過水柱縫隙，襲向魔法師。

咔嚓一聲，小白把魔法師從身體咬成兩段。儘管嚇了一跳，但那畢竟是獨自遊蕩的後衛形怪物，只要離得近就能打出致死傷害。

擊敗魔法師的同時，狂亂的激流瞬時停止，水面恢復平靜。

「幸好路很寬，就讓小白繼續捲著吧。」

「是啊，下次再來也可以用同一招。」

「真是得救了……」

「霞姊姊好棒！」

「這種怪真討厭。滿地都是會降【ＡＧＩ】的水，還有會擊退的激流啊……還好我們有梅普露和霞才沒事，要是被沖走就慘了。」

「長相記好，和其他怪物一起出來的話要特別小心喔。」

「下次要在他出手之前把他幹掉！」

「這樣的確是更好。」

所幸這讓他們知道對方ＨＰ低，只要梅普露能先用【機械神】攻擊，戰況將會有利很多。

「現在只是入口而已，注意消耗量向前進吧。」

「好～！」

成功反殺第一隻怪物後，梅普露一行繼續深入地城。

目前沒有岔路，都是一整條寬敞的通道。路上又出現先前的魔法師，而且還帶了三個持盾舉槍穿重鎧，怎麼看都是近戰型的護衛。

「梅普露，妳打打看！」

「嗯！【砲管啟動】【開始攻擊】！」

梅普露背後伸出枝狀支柱，大量砲管指向前方。

隨後噴火隆隆，對四隻怪物射出大量砲彈。

如果直接中彈，魔法師會當場炸成灰燼吧。可是三名護衛很快就對攻擊起反應，介入其中。

砲彈被他們堅實的防守擋了下來，發出金屬碰撞的激烈響聲。

而且這三名護衛幾乎沒受傷。

「沒那麼簡單耶。」

那就沒辦法了，莎莉對霞使個眼色。幾乎在小白化身堡壘保護八人的同時，渦漩的激流再度襲來。

劇烈水聲中，除了梅普露受到無止境的擊退而被壓在小白身上外，所有人都還能自由行動。

為了挪動小白一個個獵殺，伊茲伸出潛望鏡。

就在這時。

梅普露爆出傷害特效，ＨＰ快速減少。

「唔咦！」

「「【治療術】！」」

莎莉和奏隨即做出反應。雖然魔法補得回梅普露的ＨＰ，可是剛補完又開始下降。

「嘖，那個槍嗎！」

「我來補血！你們想想辦法！」

「唔唔……一直被打的感覺。」

伊茲從道具欄取出大量藥水替梅普露治療。

一開始就能學的【治療術】是基本中的基本，實在不足以應付這種場面。奏還有其他治療魔法，但不是專精於此，所以該伊茲的強力道具上場了。

伊茲用藥水直接補血，同時製造持續補血的區域。

梅普露也暫時放棄攻擊，用【冥想】專心自補。

「霞，留後面就好，把前面打開。」

「好。」

小白窣窣挪動，堵住通道支撐梅普露，等候進一步指示。

現在敵我之間再也沒有阻隔，三名持槍護衛和渦漩水流一起衝過來。

「麻衣、結衣，冷靜去打喔。有梅普露保護妳們。」

「「是！」」

她們騎在月見與雪見上，在襲來的渦流中也仍睜大眼睛，緊盯隨激流晃動的三人。

「「【雙重搥打】！」」

鏗鏗鏗鏗。隆隆渦流穿插著沉重的金屬碰撞聲。吃了兩人的巨鎚，三人卻依然健在。過去一擊消滅各種怪物的經驗告訴她們，這顯然不是因為攻擊力不夠，很快就明白對方舉盾時，傷害會有上限。

「姊姊！」

「嗯……！」

既然如此。兩人的武器不只手上兩把。她們持續搥打，並將【拯救之手】拿的鎚子移到他們背後。

盾牌各只有一面，不夠抵擋所有巨鎚。

「「嘿呀！」」

巨鎚前後夾擊地砸下。

怪物畢竟不是針對她們設計，撐不了完整攻擊。莎莉以眼角餘光確認護衛爆散，衝向前去。

「用用看好了。【馭浪術】！」

那是【操水術】升級後提供的新技能，像是要給【高壓水柱】和【水道】作搭配。這種技術可以推開眼前的事物，在生成的波浪上幫助莎莉移動。

脫離會遮擋視線的激烈渦漩後，莎莉盯住了遠處的魔法師。

「【冰柱】！」

並在其背後生成巨大冰柱，射出絲線高速接近。

就算做不到細微的閃躲，只要在梅普露的防禦範圍內就沒問題了。

「【五連斬】！」

魔法師難以遠離迅速飛來的莎莉，不堪強烈連擊痛宰而當場消滅。

「謝謝大家幫忙～！」

「我們才謝謝妳呢。」

「幸好有梅普露姊姊才沒事。」

【獻身慈愛】沒有時間限制，是因為有能夠承受所有攻擊還不會倒下的梅普露在，才能發揮十全力量。

這也讓【大楓樹】能夠採取【大楓樹】專屬的戰略。

「伊茲姊和奏負責補血，克羅姆大哥處理梅普露應付不了的攻擊，麻衣跟結衣上前打，我和霞衝殺後方，可以吧。」

「知道了。既然知道怪物會穿透攻擊就不是穩贏了。為了避免背負多餘風險，就讓小白待在後面，速戰速決吧。」

「說不定怪物又會變多，小心前進喔。」

奏說得沒錯，怪物不太可能只有這兩種。要臨機應變，有必要出絕招時就該出絕

招。

總而言之，梅普露幾個改變陣形，掃蕩變得更強的怪物後信心提升不少，更往深處前進。

◆□◆□◆□◆□◆

經過幾場戰鬥，反覆溫柔接住遭擊退的梅普露後。

事實證明，對於主要以魔法師的激流單方面破壞陣形的敵人，能夠承受一切的梅普露，以及能將她留在原處的手段是帖強效藥。

成功找到勝利模式的梅普露一行，游刃有餘地在地城中快速前進。

「……？水變淺了嗎？」

「好像是耶。」

「呼，總算比較好走了。」

隨著深入，形同水道的地城水位逐漸下降，甚至完全退離，看得見乾爽的地面。

「路也變窄了點，只好收回小白了。」

【超巨大化】雖強，但容易受限於空間，不是隨處可用，尤其室內幾乎不行。

「看來不會再被水沖了，應該沒關係吧。一般攻擊的話我們也能支援。」

「真的希望不要再沖了。」

整段路上，梅普露不是被壓在小白身上動彈不得，就是往下一場戰鬥前進而已。

但還是能提供幫助，真不曉得是誰剋誰。

「也謝謝梅普露的防禦啦，不過現在才開始喔。」

「嗯！我會加油的！」

「氣氛全變了呢……」

「不知道怪物會不會跟著變？」

「很有可能喔。都一樣的話，也沒必要改變地形吧。」

走了一段，連背後的水也看不見時，陰暗通道的彼端出現了微弱的光線。

所有人都戒備起來，然而光線沒有任何移動，且很快就展現了它的真面目。

「哇……好酷喔……」

梅普露等人眼前是深邃的大洞，以及供人踩踏的一根根石柱。

大洞底下有咕咕冒泡的岩漿散發紅光，如果掉下去，連梅普露也不會沒事。

石柱間距不小，不是跳不過去，但看起來不太穩。

「通常是持續傷害……不會直接死吧？」

「要下去看看嗎？我幫你拉安全繩。」

「不必了。」

「不開玩笑了，真的好高喔。掉下去以後很難回來吧。」

「如果用跳的……沒跳好就慘了，我來鋪路吧。」

莎莉用【水道】連接一根根石柱。

「【冰凍領域】。」

啪喀一聲脆響，水道瞬時結凍，連接石柱的水變成寬敞的冰橋。八人小心打滑，從岩漿上空走過去。

「這樣就安全了吧！」

「嗯……好像也沒那麼安全喔。」

看見莎莉舉起武器，梅普露的視線也從腳邊向上移。

敵人當然不只是底下的岩漿。

一隻翼龍和兩顆劈劈啪啪的電球從前方朝這飛來，免不了在如此地面不安穩的情況下開戰。

「霞、梅普露！」

兩人明白莎莉的意思而上前。若是讓對方單方面占據空中優勢，情況會很糟。要在對方正式開始攻擊之前先發制人，盡可能改善。

能打空中戰的霞和莎莉向前衝，梅普露跟在後頭，讓【獻身慈愛】保護得了她們。

「【高壓水柱】！」

【冰凍領域】的效果仍在持續，生成的水當場結凍。

霞奔上冰坡，縱身一躍。

翼龍見到霞來襲而立刻噴火，電球也四射劇烈電流。

霞承受這一切，墜落著逼近對方。

「這邊沒問題！」

背後傳來梅普露的聲音。既然她可以安然承受攻擊，就沒什麼好擔心的了。

「【武者之臂】【血刀】。」

霞用召喚的兩隻手攻擊翼龍，並揮舞液態刀刃攻擊所有敵人。

「涅庫羅，【死亡之重】！」

克羅姆以緩速技能協助霞攻擊。

「【第一式・陽炎】。」

霞以技能重新躍起，而且這個技能還能讓她準確飛到敵人面前。

用技能在空中移動，已經是駕輕就熟。併用【第三式・孤月】，使她能連續凌空跳躍，率先擊破ＨＰ少的電球，在翼龍背後著地。

「【第四式・旋風】！」

連同【武者之臂】打出的連擊完美命中，翼龍無力倒下。消滅之前，霞蹬踏翼龍向後跳，落在其中一根石柱上。

「呼，這樣就行了吧。」

「ＮＩＣＥ～一氣呵成耶。」

「相對地，掉下去會很糟糕吧。提高警覺。」

「是啊。」

梅普露與上前的兩人會合。這裡最大的威脅是戰場本身，只要冷靜踏穩腳步戰鬥，怪物就沒那麼可怕。

「小心前進吧～！」

梅普露看著眼前還長得很的石柱跳台，帶頭一呼渡過冰橋。

伊茲也效仿莎莉取出鐵板搭橋，腳下安定多了。這使得結衣跟麻衣可以放心扔鐵球，一行人順利突破石柱區。

一路小心攻略的八人面前，終於出現經過裝飾的大門。表示魔王就在門後。阻擋他們前往第十階地區的，只剩這個最後強敵。

「總之先上ＢＵＦＦ吧？」

「是啊。再被消掉就沒辦法了。」

「「麻煩了！」」

道具還多得是。以勝利為目標，就得做好萬全準備。

路上使用的【獻身慈愛】繼續維持，眾人對結衣跟麻衣施加強化效果，為【大楓樹】必勝招式之一的一擊殺作準備。

完成以後，【大楓樹】便毅然進房討伐魔王。

◆□◆□◆□◆□◆

魔王房大約在中間位置分成了兩個區域。不是物理上的隔開，單純是概念上。

左邊是小溪與綠色環境，有幾個冰壁構成的障礙物；右邊是荒地和噴發的岩漿，有幾個黃色晶體飄浮在空中，彼此之間定期迸射電流。

而房間最深處，有兩個背靠背的人影。

一個是手上長杖鑲有多顆藍寶石，身穿裝飾奢華的白色長袍，一副魔法師模樣的細瘦男子。

另一個是頭呈龍形，高逾兩米，肢體長了鱗片還有對大翅膀的魁梧男子，其包覆鎧甲的手上握持與身高相仿，電光流竄的巨劍。

梅普露幾個多踏一步，背靠背的兩人就轉了過來，對他們舉起武器。

地面噴出水和岩漿，眼前狀況驟然改變。

戰場開始崩毀。水和岩漿墜向遙遠地下形成瀑布，地面和前一段路一樣由多個石柱平台組成。

部分平台受到水、冰、岩漿或雷電覆蓋，恐怕是想上去就得承受某些損害。

這時，魔法師將法杖指向計畫被打亂了的【大楓樹】。

五個藍色魔法陣隨之張開，可以預見將發生什麼事。莎莉對梅普露使眼色。

「【天王寶座】！」

純白寶座出現在梅普露背後。

藍色魔法陣射出渦漩的激流，要將沖倒的一切打入深淵。

莎莉和霞迅速躲開，克羅姆以盾牌消除效果，然而這不是每個人都躲得過。

「……！我、我沒事！」

為了不被水聲掩蓋，梅普露大聲回報。

在多重擊退效果下，她又無法正常行動了，不過有【天王寶座】擋著，沒被沖走。

若想離開寶座，就會被沖下石柱，再也回不來了吧。

「既然不能動……【古代兵器】！」

方塊鏗鏗鏗地擴散，變形重構成巨大筒狀。

每個人受到的攻擊全都匯集到梅普露身上，為【古代兵器】急速提供能量。已經無

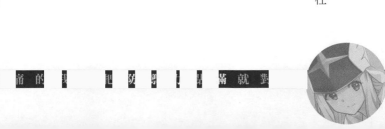

法離開寶座的她，只能當個固定砲台了。

藍色光束射向五道水流。目標是水流的元凶。可是就在命中之前，一道巨大的白色魔法陣擋在魔法師面前，化作同樣大小的冰牆阻隔了光束。

「梅普露妳繼續射！那應該不是每次都會擋！」

「嗯！」

莎莉心想，既然梅普露的攻擊無法造成決定性影響，就只能靠其他七人拆招了。可是地形和水流都很棘手。【獻身慈愛】範圍雖大，卻沒大到能讓他們近身打。這樣就很難直接把結衣跟麻衣送過去了。

思考該如何對付時，狀況又發生變化。

龍戰士飛上空中衝過來了。顯然是近戰型。雙方能自由活動的空間不同，他們難以取得有利位置，對方願意主動接近就省了不少麻煩。

「我們把他打下來！」

「ＯＫ！」

「地板弄好了！」

伊茲取出鐵板平放，連接石柱。

接著龍戰士噴火了。不過伊茲本身有梅普露保護，鐵板也因為品質嚴格把關而提高了耐用度，穩穩度過這一擊。

「我和克羅姆來緩速！」

「我和莎莉來牽制他移動。」

「「知道了！」」

「那就先讓大家方便一點吧……【嘲諷】！」

克羅姆拉走正朝結衣跟麻衣去的龍騎士，正面擋下俯衝劈來的巨劍。

「唔……！」

重得差點把他壓垮。只憑盾牌無法完全阻擋那特殊的巨劍，電光迸散，梅普露替克羅姆承受震暈效果。

那表示【古代兵器】的攻擊也會暫停。

見到房間頂部布滿紅白雙色的魔法陣而覺得不妙時，已有大量水柱和岩漿從陣中降下。

「我來擋，王靠妳們了！【守護者】【精靈聖光】！」

這裡有兩個塔盾手。克羅姆在梅普露的【獻身慈愛】上加碼，自己承受傷害，藉免傷技能撐過大範圍攻擊。

在如此爭取到的時間裡，梅普露擺脫震暈效果，重新和魔法師對射，伊茲則和奏協力控管地面。

這當中，霞和莎莉出動了。

「我從右邊。」

「我從左邊繞過去。」

兩人跳過安全的平台來到龍戰士底下，霞率先出手。

都貼上去了，對方不會沒有反應。魔王轉向霞的瞬間，莎莉便往她製造的冰柱射出絲線，飛到他背後。

「【高壓水柱】！」

莎莉以這個可以破壞陣形、生成平台或用來脫逃的熟練技能射出水柱，推開龍戰士。

趁龍戰士重獲自由而再度飛走前，一陣紫煙漫起。

「涅庫羅，【死亡之重】。」

「【緩速領域】。」

「趁現在！」

克羅姆、奏和伊茲三人減緩了龍戰士的速度。

為事先就定位的結衣跟麻衣製造了攻擊的時間。

「「【決戰態勢】【雙重打擊】！」」

這攻擊重到龍戰士的巨劍都變成小牙籤了。她們直接將被【高壓水柱】沖過來的龍戰士往反方向打回去。

轟隆巨響中，龍戰士轉眼撞上魔法師背後的牆。見到ＨＰ掉光，眾人都相信這下搞定了。

可是下一刻，他撞上的牆出現發出強光的白色魔法陣，那光輝將龍戰士的ＨＰ補回了一半。

「「咦咦！」」

「魔法師會復活嗎……喔不。」

「說不定是需要同時打死的那種。」

「有可能，可是……」

一隻可以安全打倒，但現在的陣形無法同時打倒雙方。

不僅魔法師離得太遠，結衣跟麻衣也無法靈活調整火力，參戰就是一擊必殺。想同時擊破，就得拆開她們。

這時梅普露的獻身慈愛就是問題了，也就是需要冒險，不然作戰難以執行。

「只能派幾個人過去了吧？」

「似乎只能這樣，但是該派誰呢……」

需要結衣跟麻衣之一，然後分開梅普露和克羅姆，以及負責鋪路的人。

如果兩組都這麼安排，選擇上可說是沒什麼彈性。

而且安穩度也會顯著降低。要是不能一次成功，分隔兩地的隊伍恐怕會很難會合。

既然要背負風險，就要找個更確實的方法。

「莎莉～！怎麼辦～！」

「梅普露，妳有想法嗎？」

「咦？問我？」

梅普露完全沒想到莎莉會反問而傻眼。

莎莉這是有理由的。現在戰略是以【獻身慈愛】為中心來制訂，梅普露的想法自然重要。

「如果沒想法，就只好全部一起躲，找機會前進了。」

擊退當然是由水流造成，只要想出所有人都躲得過的方法，梅普露也就能移動了。

然而這恐怕會花費不少時間和工夫。

「……說不定可以這樣喔！」

梅普露像是有了靈感。

「是喔？那我先拉住怪，讓妳們開會喔！」

在克羅姆吸引龍戰士時，莎莉幾個迅速理解梅普露的計畫。評估過損益後，結論是值得一試。

決定了就該迅速準備。霞向克羅姆簡單說明，克羅姆苦笑著同意。

為了俐落地同時擊倒雙方，需要將結衣跟麻衣分開。

梅普露無法同時保護她們，這時就得靠克羅姆了。

「【結晶化】！」

以【長毛】變成毛球的梅普露表面覆上一層水晶。

「嗯，時機好像沒問題。」

「好，那要開始拉嘍！」

執行之時已近。體積增加了的梅普露現在是勉強抵在寶座上。

「快嘍，麻衣！」

「……準備好了！」

「ＯＫ！」

「菲，【道具強化】！」

「【大型魔法屏障】！」

莎莉觀察時機，麻衣舉起巨鎚。同時伊茲提升道具效果，在周圍鋪設的地面設置路障，奏張開屏障。它們瞬時擋下了激流，幫梅普露脫離連續不斷的擊退。

結晶化的梅普露球從王座滾下來，揮出的巨鎚正中球心，朝魔王筆直飛去。

但即使是這樣的急速強襲，也仍會被水流沖開。

於是這時梅普露使出了在這狀況才能使用的唯一對策。

「【沉重身軀】！」

憑梅普露的能力值，這個免疫擊退的技能會使她暫時無法移動，但在飛行中就不再此限。肯定會撞上魔王。

魔王造出冰牆阻擋梅普露。梅普露不是鐵球，被麻衣敲出去也不會造成傷害。

但就在撞上冰牆之前，結晶化解除了。

「不愧是莎莉！」

時機算得非常完美。羊毛內紅光高漲，現在沒有結晶阻隔了。

隨後是轟然巨響。塞滿梅普露球的炸藥炸成巨大火球，把梅普露連同冰牆都吞了進去。

「「【嘲諷】！」」

梅普露和克羅姆以此為信號，分別吸引魔王的注意。往克羅姆突襲的龍戰士背後，有條伸向空中的冰坡。

麻衣已經在魔王背後了。

「看妳們的了！」

梅普露掉到附近石柱上，她的工作只到爆破為止。雖然有技能能製造傷害，但遠不及麻衣，無法達成同時擊倒。

梅普露球裡裝的可不只是炸藥，還有比麻衣更勇敢，能夠執行瘋狂戰術的一名攻擊手。

穿過毀壞的冰牆，溜到魔法師身邊的結衣，也高高舉起巨鎚了。

「「【雙重打擊】！」」

即使相隔兩地也仍以完美默契揮出的巨鎚，將兩名魔王都搥到了牆上。

沙煙飛揚，火水迸散。看著兩名魔王發出清脆破碎聲逐漸消滅，所有人都為作戰成功露出的得意的笑容。

擊敗魔王的同時，原本難以行走的場地也恢復原狀，莎莉幾個與飛走的梅普露和結衣會合。

「ＮＩＣＥ，幹得漂亮喔。」

「嗯！太棒了！」

「妳們兩個的攻擊力真的太猛了。一旦沒有之前那個王的傷害上限或防護罩就這樣。」

「那真的是特殊案例吧。不過平常還是小心一點比較好。」

這次是因為先打爆了龍戰士才認為可行。要是魔法師擁有傷害高到一定程度就直接消除的能力，這次作戰就不會那麼順利了。

雖然這次成功得勝，以後仍要為結衣跟麻衣無法一擊殺的狀況多想想才行。

「現在我們就趕快到期待已久的第十階去吧。你們看，那邊有路。」

「不知道是什麼感覺，聽說很大的樣子。」

「「等不及了！」」

「那我們走吧～！」

梅普露帶頭，一行八人登上通往第十階地區的階梯。走了一會兒，彼端開始有光明照進來。

總算到第十階了。

滿懷期待的梅普露等人，往第十階地圖踏出了第一步。

第五章　防禦特化與分裂

眼前豁然開朗，一行人站在小有高度的山崗上。環視四周，第十階的景色便盡收眼底。最先見到的是正前方高聳入雲的險峻山峰，其周圍有幾個「熟悉」的景物。

「咦，那是第三階的機械嗎？」

「那些櫻花是第四階的吧。仔細看，還能看到日式的塔。」

「第五階是在上面嗎？那邊的雲團有點那種感覺……你們說呢？」

第十階是至今各階層的集大成。

看樣子，其他階層也一定存在。梅普露幾個現在所在的是充滿自然景觀的奇幻世界風區域。

也就是第一階的環境裡。

「感覺好懷念喔，莎莉。」

「嗯，好久沒回去了呢。就趁這個機會打一遍吧，打到魔王等我們的地方。」

「沒問題！」

正說著她們便收到訊息。是系統發的，內容是關於第十階的主要目的與簡單指引。

「呃，我看看喔……」

梅普露趕緊查看內容。

在第十階，有所謂的大魔王威脅無辜百姓的安危。玩家探訪各個城鎮，盡量多解些任務，找出魔王的所在地。最終目標即是打敗大魔王。

「嗯嗯嗯原來如此。」

第十階具有以各階層為概念的區域，每個區域有一個大城鎮，以哪裡為據點都可以。任務路線有許多變化，供玩家自由選擇，內容差不多就這樣。

「隱藏的道具和技能也比過去階層還要多，記得用心找找……喔喔～！」

「還更多？太誇張了吧。既然都特地發訊息了，就不是唬爛的了。」

「慷慨到讓人會怕第十一階耶。」

玩家變強，怪物跟著變強是可以預料的事。能多遇到點事件當然最好。

「不曉得沒發現的還有多少耶。」

「既然有很多，至少會碰到一個吧。」

「好期待喔！」

「探索跟打王……還有稀有事件我都要！」

「這裡可以叫做……第一區吧？總之先到這裡的公會基地看看吧。」

「贊成～！先休息一下吧，剛才的地城好辛苦喔！」

「沒錯。」

梅普露一行看著地圖，往附近的大城鎮邁進。

一行人走了一段時間，來到最接近的城鎮。

外觀並沒有什麼奇特之處。眼前是以石材鋪設得很漂亮的道路，兩側是幾間ＮＰＣ營業的店舖，再過去是林立的公會基地，全是奇幻世界常見的西洋風格。

城鎮構造和ＮＰＣ氛圍都沒有特別引人注意的部分，所以感覺更接近所有玩家的起始地點這般梅普露他們過去曾經攻略的基礎階層。

沒錯，要重新開始了。

「總之總之，先到公會基地去！」

梅普露定出目標，看著地圖帶頭走。與過去的城鎮相比，是有幾個不太一樣的地方。第一階和第十階賣的東西當然不同，ＮＰＣ不是那些人，設計的任務當然也不一樣。

只是包含了大量各階元素，並不是完全相同。

隱藏區域更是如此吧。

眾人壓抑著好想趕快探索的心情，快步往公會基地走去。

一進公會基地，眾人立刻談論起今後的方向。

「再來有什麼想法？」

「先以這裡為據點開始探索……或是先開啟其他公會基地吧。」

在廣大的第十階地區，各主題區域都有一個大城鎮，其中也有公會基地的樣子。玩家可以利用公會基地內的魔法陣傳送到各個城鎮，開啟了在探索上會方便很多。

「先全部開起來會比較好。第十階好像不管從哪個城鎮都能推進任務的樣子。」

「這樣分頭行動比較好吧。」

「是啊，先從開啟公會開始。」

想有效探索，就得先打好地基。梅普露一行決定以開啟公會基地為第一目標，思考接下來怎麼做時，克羅姆開口了：

「那麼，我們這邊有一個方案……也沒那麼誇張啦，就是個想法而已。」

「「……？」」

聽不懂的似乎只有梅普露和莎莉，緊張地等他說下去。

「下次活動以後，妳們不是有段時間會很難上線嗎？既然這樣，我們想幫點忙，讓妳們能攻略得更自在。」

「哼哼，想留下美好回憶的話，當然是輕鬆點比較好啊。」

升級、解任務、攻略地城。

有必要優先幫助她們。

克羅姆他們的想法就是這麼簡單。

「不管試做任務還是平常練等，妳們都幫了我們很多嘛。」

「說報恩或許有點太誇張，但我還是想幫點忙。」

「難纏的怪物就交給我們打！」

「我們一定會幫上忙的……！」

玩遊戲，永遠是快樂最好。如果可以，離開也要笑著離開。

「謝謝！不過……大家也都幫了我很多啊……」

「哈哈，彼此彼此啦。反正，就是特別提一下這樣。」

「知道了，謝謝大家。」

梅普露和莎莉都感激地接受大家的心意。想玩遍遊戲每個角落，本來就是需要許多人的幫助。再重申一次，第十階可是很大的。

然而大目標還是不變，那就是打敗潛藏於第十階的最強魔王。原本是需要四處奔波，尋找任務蒐集資訊，現在克羅姆他們會積極代勞。

「但話雖這麼說……我看梅普露自己會先找到某些重大線索吧。」

「嗯～很有可能喔～」

「呵呵，有很多案例了。」

「沒什麼好奇怪的。」

「「梅普露姊姊真的很強呢……」」

「真、真的會那麼順利嗎？」

「……搞不好喔？」

「吼～連莎莉也這樣！」

「呵呵，抱歉抱歉。那梅普露，妳想怎麼做？」

現在所有人都說會全力支援，眼前又有廣大地圖與無數未知任務和地城，有多種玩法和方向可以選擇。

「……那莎莉，既然大家都那麼說了，我們兩個就全部一起逛吧！」

「哈哈……嗯，很榮幸得到妳的青睞喔。我會成為妳的盾和劍，陪妳到天涯海角的。」

「哈哈哈，是怎樣～！吼～那就拜託啦！」

「嗯，看我的。」

愛怎麼玩就怎麼玩。放鬆一點，盡量依賴可靠的朋友。梅普露和莎莉的第十階探索，就此揭開序幕。

重要的事情說完以後，就別再想那些陰鬱的事，趕快開始探索。

「我去第六區吧，妳們兩個不方便去那裡吧。」

「呵呵，與其說她們兩個……應該說莎莉吧。」

「謝謝喔……」

「我去第四區吧，正好符合我的個人興趣。」

「那我們去哪裡？」

「這個嘛～考慮到路上會有戰鬥……」

「騎月見跟雪見去嗎？」

「能保護我們就會很輕鬆。」

「那就這樣吧。先到比較近的第三區去好了。如果有飛行器之類的，移動起來也比較輕鬆。」

決定克羅姆第六區、霞第四區、奏等四人從附近的第三區依序探訪後，眾人開始分頭行動。

「有需要的話也別忘記叫我喔！我會馬上飛過去！」

「真的得用飛的呢。ＯＫ，有問題會找妳的。其實我單獨走的話，攻擊力還是有點

不夠呢。」

梅普露和莎莉預祝六人探索順利，目送他們離開。

「說會全力支援我們，反而讓人有點緊張耶。」

「放輕鬆放輕鬆。就像妳說過的那樣，和平常沒什麼不一樣啦。」

「嗯！」

「那要從哪裡開始？」

「還滿難選的耶。」

「哈哈哈，因為很大嘛。」

是可以立刻奔向野外，但考慮到最後，還是先從城鎮逛起。

「先從找任務開始吧！」

「很好啊，感覺比盲目衝野外會更有收穫。」

梅普露和莎莉離開公會基地，開始在城裡閒晃。

「完全是奇幻世界街景的感覺耶。哪間房子比較特別呢……」

「妳看妳看，那邊那個怎麼樣？」

梅普露指的是正好位在大街最後面，有兩個持槍的裝甲ＮＰＣ站在大門兩側的兩層樓建築。其高高的煙囪指向天空，在其他房子都像是民宅的這個城鎮裡，顯得它似乎有其他功能。

「過去看看吧。」

「嗯！」

兩人來到大門前，往看似守衛的ＮＰＣ瞥一眼，確定沒有想攔的樣子就入內了。

房裡有幾個ＮＰＣ走來走去，手上拿著寫了小字或畫上地圖的紙張，在深處的大桌邊對話。

兩人靠過去看時，主持對話的男子起了反應，轉向她們。

他的鎧甲比門外兩人還要厚重，背後還有大型劍盾倚牆而立，看起來都很強的樣子。這些ＮＰＣ都有第十階的實力吧。

「啊，不好意思，我們在討論阻止大魔王手下侵襲的事。這陣子魔物活動得愈來愈頻繁。請問有什麼事嗎？」

說完，男子頭上冒出任務圖示。

「梅普露，好像可以接任務了耶。」

「真的耶！」

「不錯，很快就發現一個了。」

「內容是……」

任務似乎不只一個，一次開放了許多項目，尚未開放的也不少，且都註記了開放條件。

「嗯嗯，有些是要解過其他城鎮的任務才會開放耶。」

「從哪裡開始都能推進的樣子。先從其他城鎮開始的話，說不定就能跳過這裡的初期任務了。」

「原來如此。」

反正兩人還不打算到其他城鎮去，便決定先找個能接的。

「那……嗯～先做這個好了。」

「好哇，那就接接看吧。」

兩人接下任務，男子繼續說：

「妳們願意幫忙嗎！那真是太好了，現在真的很缺人手。不過……魔王軍很厲害，妳必須先讓我看看妳們的實力。」

先從簡單的開始的意思。換言之，做完這個任務才能再接進一步任務。

「我們會加油的！」

「就算是簡單的也可能比第九階難，要注意一點喔。」

「說得也是。好，穩穩給他過一個！」

「嗯，這就對了。」

查看任務地點後，兩人就離開這棟建築。

６５０名稱：無名魔法師
第十階有夠大。

６５１名稱：無名長槍手
超大～

６５２名稱：無名弓箭手
有很多事可以做耶。

６５３名稱：無名長槍手
有推薦從哪裡開始打嗎？

６５４名稱：無名魔法師
還沒看完。
不過可以確定不要從第八區開始。

655名稱：無名弓箭手
每次探索都要潛水太累了……
可是我還沒去過，說不定不是這樣。

656名稱：無名巨劍手
怪很強。
是不是又變強了？

657名稱：無名塔盾手
因為是整數吧。

658名稱：無名長槍手
幸好有很多移動方式。
不是每個人的魔寵都可以騎嘛。

659名稱：無名魔法師

這次不只能租馬，還能租龍喔。
租金很高就是了。

６６０名稱：無名弓箭手
每個人都能飛真是太棒了。
而且很快。

６６１名稱：無名巨劍手
就算能騎龍，還是逛不完的感覺。
任務一堆事件一堆隱藏區域也一堆。

６６２名稱：無名魔法師
公告說有增量，
真的嗎？

６６３名稱：無名長槍手
找不到的隱藏區域等於不存在。

我這版本的ＮＷＯ，隱藏區域從來沒上線過喔。

６６４名稱：無名弓箭手
野外這麼大，能遇到稀有事件的機率說不定反而變小了。

６６５名稱：無名巨劍手
不過聽說有變多的話還是會期待吧。
我也想挖到寶。

６６６名稱：無名塔盾手
這部分完全是看運氣和直覺呢。
也有的單純是高難度任務給的強力技能啦……

６６７名稱：無名長槍手
混合過去階層的特色以後，感覺每個地方都可能有隱藏區域，好期待啊。

６６８名稱：無名魔法師

要在活動以前練強一點才行。

６６９名稱：無名巨劍手

只能相信自己的運氣，多跑點路了。

６７０名稱：無名長槍手

對了，道具的部分，需要找工匠買東西的人最好都逛一下商店喔。

有很多不錯的東西。

６７１名稱：無名弓箭手

喔對，真的。

６７２名稱：無名魔法師

不能只看野外呢。

這次有很多城鎮，商店數量也就更多了。

６７３名稱：無名塔盾手

說到這個，野外也有賣道具的商人ＮＰＣ喔。

６７４名稱：無名魔法師
探索要素好多啊～！

６７５名稱：無名長槍手
有哪個會導出稀有事件也不奇怪。

６７６名稱：無名魔法師
好多啊～！
可是好玩～！

６７７名稱：無名巨劍手
我懂～

這就是所謂愉悅的哀嚎吧。肯定還要很久很久，玩家才會沒東西能夠探索。

◆□◆□◆□◆□◆

梅普露和莎莉依任務指示走向野外。

途中，她們見到玩家騎上披覆鎧甲的龍，飛出城鎮。

「那是魔寵？」

「……感覺不像耶，過去看一下？」

「嗯！」

於是兩人在踏上野外前，先前往龍起飛的地點探個究竟。

見到了同樣披覆鎧甲的龍，和以前用過不少次的馬，以及幾種其他動物、怪物。

「……這裡好像是用租的耶，龍倒是有點貴。」

「有能力限制嗎……」

「很可惜，某些能力好像需要一點基本要求。一般來說，到了第十階是不會有那種問題……」

但對於全點防的梅普露來說十分困難，或者說根本不可能。

「呵呵，不過可以雙載啦。」

「喔喔～！」

「想騎的話我就坐前面。能力值都沒問題，想騎哪個都可以。」

「看來糖漿要放假了～」

藉【念力】飛行的糖漿移動速度相當緩慢，不適合探索第十階地區。

「這頂多是協助玩家在戰鬥之外移動，糖漿就讓牠在打怪的時候多表現吧。」

「知道了！那以前騎過馬，現在就換龍吧！」

「ＯＫ！會飛的話探索也比較輕鬆，而且我們本來就是來看龍的嘛。」

「嗯嗯！」

租龍絕對不便宜，可是一路探索至今，兩人都存了不少錢。

兩人都騎到小型龍背上後，龍在莎莉指揮下快速升空。

「好快喔～！」

「可能是目前最快的喔！不要掉下去喔！不過我還是會去撿啦。」

「好～！」

梅普露是不怕摔，但底下剛好有人就要出事了。

莎莉就此帶著小心抓穩的梅普露，馭龍前往目的地。

飛到接近目的地後，兩人降低高度，輕輕著陸。

「它說在租期之中，叫了就會自己飛過來，停在安全的地方就行了。」

「這樣的話就不怕戰鬥了。」

兩人請龍留下來等待，前往任務指定地點。

那裡是不知打過幾次了的哥布林巢穴，在不停深入地底的幽暗通道底下，有怪物在等著她們。任務目的是消滅一定數量的怪物，也就是打倒魔王的爪牙，確保人民安全，是很基本的任務。

「只能進去再說了吧。」

「那我先走！」

想打倒怪物，當然得進入怪物的巢穴。梅普露舉起塔盾，在莎莉前方保護著她往洞裡走。

沒幾步就見到了幾個哥布林。

「好……」

「……梅普露！」

「哇！」

莎莉冷不防抓手拉梅普露回來，隨後銳利的槍頭刺出她眼前的牆壁，稍微擦中了她，爆出傷害特效。

哥布林見狀發出得逞的笑聲，消失在隧道裡。

「好像有陷阱耶。」

「好痛喔……謝謝莎莉！」

「雖然傷害不高……可是會穿透啊。」

普通陷阱不太可能打得動梅普露的防禦力，不然任何玩家都會一擊斃命。

「就算被打中，補一下就沒事了。不過陷阱這種東西，會不會連續啟動很難說。」

四面八方都有能穿透防禦力的箭射過來，反應不及而當場死亡的可能，並不是沒有。

這樣只好謹慎前進了。可是莎莉原想叮嚀梅普露仔細查看地面和牆壁，已經思考一段時間的梅普露先提出了不同主意。

「這樣不曉得可不可以耶？」

「嗯？妳說說看？」

梅普露將她剛想到的計畫解釋一遍，莎莉聽得頻頻點頭，評估這個剛聽見的計畫。

「我覺得不錯，而且我們完全沒風險。就試試看吧！」

「好耶！」

「那就趕快來準備。」

「好～！」

梅普露站到莎莉前方拿出匕首，指向不知哪裡有陷阱的巢穴深處那緩坡下降的陰暗中。

「【毒龍】！」

大量毒液噴射而出，嘩啦啦滴答答地逐漸汙染巢穴。

梅普露滿意地直點頭，並從道具欄取出一大堆炸彈擺在眼前。

伊茲特製的限時炸彈，時間一到就會爆炸，威力當然也是一等一。

「ＯＫ～！」

「【高壓水柱】！」

莎莉聽從梅普露的信號造出大量水流，將劇毒和危險物品沖進巢穴深處。

「【毒龍】！」

「【水道】！」

梅普露一灑好毒，莎莉就沖下去。巢穴出入口只有一個，就是她們進來的地方。

雖然聽不見慘叫，毒洪水的奔騰聲和爆炸所造成的地震已經透露了底下狀況。

「啊！任務完成度有在跳耶！」

「成功了的樣子。」

有很多哥布林翹辮子了，不知是被毒死、淹死還是炸死。稀釋的劇毒水彷彿要淹沒整個巢穴般，兩人從起點開始壓制巢穴。

不久，當巢穴彷彿變成第八階地區地城時——

「啊！」

「喔喔～」

「好耶～！完成了！」

「沒事……？嗯，沒事就好。」

洞裡肯定很有事，不過她們不打算進去，所以沒問題。再過不久，水和毒都會失效並消失。

「既然這麼快就過了，我們直接去做下一個吧。剛好那個很適合妳打的樣子。」

「所以就是那個了吧！」

「對對，就是那個任務。」

剩餘任務還多得很。要迅速完成任務，往第十階的最後魔王前進。沒動多少筋骨就撲殺大量怪物的兩人一點也不累，以最佳狀況面對下一場戰鬥。

「又是有點距離，騎龍飛過去吧。」

「ＯＫ～！」

莎莉載梅普露上龍，再度飛上天空。

「希望能照這樣再解一個。」

「呵呵呵，看我的！」

「靠妳嘍。」

野外再大，用飛的也是很快就能抵達目的地。不僅速度快，還能略過大量怪物，真是騎龍萬萬歲。

兩人接著來到的是草木乾枯，荒蕪至極的地區。

「到嘍～！」

「那麼，從任務名稱來看，應該是對妳很有利……」

她們選這個任務，是因為它叫做「斷絕毒源！」淺顯易懂。

說到毒就會想到梅普露，說到梅普露就是毒。儘管她現在獲得許多武器，能採取多種戰法，如今毒仍是受用無窮。她不僅是能釋放先前漂亮殲滅哥布林巢穴的毒，還對毒性免疫。毒是種被針對就很無力的東西，這裡梅普露要靠【毒免疫】和【獻身慈愛】來封殺。

兩人眼前的地面布滿裂縫，從中噴出紫色煙霧。

「很像是毒氣耶。」

「可以先用【獻身慈愛】嗎？」

「ＯＫ！【獻身慈愛】！」

梅普露背上長出翅膀，張開承受所有攻擊的防禦場。

即使是莎莉，被沒有縫隙的毒霧攻擊，也只能消耗強力技能來處理。

在不知對方攻擊範圍的情況下，以完全避開為前提太過危險。莎莉或許真有可能做到，但在這種時候不刻意勉強，正是她能夠從不受傷的原因之一。這裡最好還是不要亂來，按照預定計畫，靠梅普露的力量來處理。

「趁早檢查一下。」

「也對。」

梅普露一步步走近裂縫，等待噴發的紫煙籠罩她全身，確定效果以後，轉頭對後面看狀況的莎莉說：

「感覺沒問題！」

「嗯，那就是只需要小心怪物了。」

「看我的～」

兩人確認安全無虞後，大步踏入煙霧之中。

愈往深處走，地面裂得愈厲害，視野受到幾乎沒有空隙的煙霧掩蓋。多虧了梅普露，這對她們本身沒有影響，但事實上會怕中毒的玩家就連正常走路都很難了。

「好棒喔……像走在紫色的霧裡一樣。」

「這實在是不可能躲開，先用是對的呢。」

悠哉前進的兩人面前終於出現怪物。

貼地爬行，試圖包圍兩人的四隻怪物，全是鱗片和煙霧一樣紫的蛇。沒有小白那種超常的巨大體型，但仍有好幾公尺長，把梅普露和莎莉一起捲起來也有剩，且有她們身體一般粗。

一旦被纏住，恐怕很難脫身。有如此第一印象的兩人很有默契地背靠背，將死角降到最低。

無數戰鬥經驗累積而來的動作，使她們迅速做好戰鬥準備時，紫色大蛇也一併飛撲而來。

就算撞到了，也會被梅普露擋掉。於是莎莉有恃無恐地正確看透蛇的攻擊。

「【冰柱】！」

她不會輕易允許自己成為梅普露的風險。

用一根冰柱將一條蛇打上空中後，她將武器變為巨鎚，瞄準另一條蛇的頭部打回去。

莎莉完美解決兩條蛇時，背後的梅普露也揮掃塔盾，瞬時消滅眼前的蛇。

與莎莉的攻擊全然不同。【暴食】不由分說，始終如一。

不需要細緻的應對或困難的動作，碰到就搞定，極其簡單扼要。

可是梅普露不能像莎莉那樣俐落地處理一切，只能秒殺一隻，從旁撲來的另一隻咬

中了她的身體。

「……嘿！」

咬中就是離得很近。【暴食】還有剩，攻擊就等於死。用力壓下去的盾，沒幾秒就以【暴食】將蛇吃乾抹淨。

「呼咿～」

沒有受傷。在這個距離戰鬥，是梅普露更強。

「剩下的我來，那個留給魔王吧。」

「好～！」

其餘兩隻，莎莉可以輕鬆對付。梅普露放心地以【機械神】進行火力支援。

就在這瞬間，梅普露的ＨＰ減少了一大段。

「咦？」

「【水道】！」

莎莉對ＨＰ的變化比梅普露更敏感，立刻綁起梅普露往上跑。

「【跳躍】！」

並就此在空中製造踏點，以其為起點往更高處跳。突破紫色煙霧，直到遠得看不見蛇影後才用力收回繫起她們的絲線，抱住彈上來的梅普露。

「【治療術】。」

「糖漿，【甦醒】【巨大化】！【念力】！」

梅普露也處理得很好，一明白莎莉的意圖就叫出糖漿，立刻【巨大化】並浮上空中，落在龜殼上。

如此一來就安全了，可是梅普露不懂為何會損血，頗為困惑。

「為、為什麼會受傷啊……？」

「冷靜一點。血我來補，妳看一下能力狀態。」

莎莉取出藥水，催促梅普露檢查狀況。

「呃……奇怪？中毒了……？」

梅普露發現自己是中毒狀態。她已經很久很久沒有見過這種事，不禁瞪大了眼。

「中毒啊，那就是解狀態了。」

莎莉取出藥水對梅普露使用，很輕易地解了毒。

「啊，大概是這個！抗性降低了！」

除了中毒外，還有其他能力遭到弱化。接下來幾分鐘，梅普露的【毒免疫】都會維持在弱化狀態的樣子。

「原來如此，剛才的蛇咬會降低抗性啊。所以毒霧就真的讓妳中毒了。」

「所以不能被牠們打到了。」

「是啊，要用盾去擋或躲開。怪物的動作也變得很猛烈了呢。」

「看樣子有抗性也不能放心了。」

「因為像伊茲姊做的道具可以強化抗性，現在玩家又有很多技能嘛。」

大多數玩家都像梅普露這樣具有某些抗性，最近還能用道具處理。這麼一來，堪稱異常狀態專家的怪物，擁有讓玩家無法用原來方式完封的能力也不足為奇。

「把這件事放在心上會比較好喔。這樣在緊急的時候就不會慌了。」

「對呀！」

「而且這不完全是壞事喔。」

「……？」

「既然敵人會降抗性，有給玩家用的版本也很正常吧。要是妳拿到了……」

最近只為了觸發【蠱毒咒法】即死效果的毒攻，以及有強效定身能力的麻痺攻擊，都能重拾原來的光輝了。

「喔喔～！」

「當然，對手也可能會用，要注意喔。」

「嗯！……啊，那我們再去抓那個蛇吧！」

「……？」

「因為吃掉以後搞不好有技能嘛。」

「呃，這個，吃蛇啊。ＯＫ，活捉一隻過來試試。」

勉強算是平常會吃的生物吧。莎莉稍微皺著眉頭接受提議，等待梅普露的【毒免疫】復原再去抓蛇。

「先抓一隻看看好了。知道毒補得回來了嘛。」

「嗯……那要怎麼抓？」

「在毒霧裡試有點危險，所以最好是抓到糖漿上面來……不是做不到啦，嗯～」

幾乎所有怪物，動作都不會因為瀕死而變慢。哪怕ＨＰ只剩１，照樣活蹦亂跳。

「莎莉，有想法嗎？」

「嗯～不是完全沒有啦……」

「咦！說嘛說嘛！」

梅普露整張臉靠過來，興致勃勃地等莎莉開口。莎莉自知拗不過她，便將剛想到的方法說出來。

「好像可以喔！」

「所以我才不想說，有點危險。」

「放心啦，危險的話我會先動手。」

「……說得也是。那好吧，先試試看。妳站那邊。」

莎莉要梅普露站起來以後，用絲線纏住她。

「時機到了就喊一下喔。」

「ＯＫ～！」

莎莉站到糖漿邊緣，放出絲線使梅普露逐漸接近地面。獵物是蛇，餌是梅普露，開始釣魚。

地上蓋滿紫煙，所以莎莉只能靜待梅普露的信號。

不久——

「莎莉！可以了～！」

莎莉隨下方傳來的聲音拉回絲線。感覺沉甸甸的，表示獵物穩穩上鉤了。

「給我藥水～！」

「好好好～」

往絲線彼端一連丟了幾罐藥水後，莎莉繼續拉梅普露。不久，被蛇纏住全身，完全無法動彈的梅普露在脖子被咬的狀態下翻上了糖漿。

「嘴巴打得開嗎？」

「還、還可以！」

「那我先幫妳補血，順便降蛇的防禦力。」

「謝謝！」

「再灑點調味料好了。」

「謝、謝謝……？」

即使蛇能降梅普露的抗性，在沒有毒霧的狀況下也是無用武之地。就算自己的毒能傷到梅普露，莎莉也補得回來。

相比之下，梅普露的噬咬傷害更是些微，不過蛇沒有任何補血手段，這就差很多了。

「我換個口味喔。」

「有點辣辣的！」

「……那大概是蛇自己的毒。」

「是喔～」

梅普露悠悠哉哉地吃，終於把蛇的ＨＰ嗑光了。

釣上來就要好好吃掉。蛇啪唧一聲消失，梅普露也重獲自由。

「怎麼樣，有技能嗎？」

「呃……很可惜，好像沒有。」

「好吧，很正常啦。怪物還很多，又出現類似的再試試看吧。」

取得降抗性技能將可能大幅增加梅普露的戰略選擇。說不定在探索第十階的過程中，會遇到那樣的怪物或類似事件。

可以期待的事又多了一項。兩人樂觀地繼續避開地面，往深處前進。

「會有怪來鬧嗎？」

「不曉得。剛開始應該不會吧。」

兩人騎乘糖漿飛向毒的來源。祈禱著不會受到怪物妨礙，持續愉快的空中之旅。

最後兩人真的沒有遭到任何妨礙，順利來到最深處，從糖漿上查看地面狀況。

「看不見耶～」

「只能自己下去了吧。」

在完全看不見敵蹤的狀況下，想打贏魔王實在太難。

使用伊茲提供的炸彈，或【機械神】造出的武器，或許遲早會打死，但沒必要投入這麼多時間和資源。

「梅普露，往下降吧。」

「好～！」

看不見地面情況，所以不能像平常那樣直接跳下去，她們騎著糖漿慢慢降低高度。

說不定下面滿滿都是怪物，或地面有個大洞，太危險了。

以前就有過胡亂往下跳，差點變成串燒的經驗，還是謹慎點好。

「有東西嗎？」

「沒有聲音耶。」

「那就下去嘍～」

糖漿重重著地。四周依然紫煙密布，但沒有怪物的動靜。

「毒的來源在哪裡啊？」

「梅普露，是不是那個？」

「……？」

莎莉所指的是地面上的大裂縫，有兩人的手並列平舉那麼寬。伸長脖子往底下一看，空前的巨量紫煙正好從裡面噴出來。

「哇！」

「如果不能免疫毒性，真的會走不下去耶。」

「【獻身慈愛】不能停呢！」

「能這樣就太好了。」

仔細一看，發現裂縫邊緣有路能下去。如果要下去，就不能再騎糖漿了，只能走他準備的路吧。

「還不知道掉下去會怎樣，小心點喔。要是離得太遠就看不見了。」

「嗯，我會小心的。」

兩人注意著腳邊，往裂縫底下走去。地底一樣充滿毒煙，到處是咻咻咻的噴發聲。

「小心一點。」

「嗯，不曉得會跑出什麼呢。」

兩人提高警覺，仔細查看四周。這裡頗為寬敞，但是不高，空間有限，想跳來跳去恐怕不容易。

啪噠。尋找敵人動靜到最後，兩人聽見噴氣聲之中夾雜著黏液濺射聲。

還有深紫色黏液穿破紫煙射來，那顏色使兩人當場看出肯定有毒。近似【毒龍】的毒液團嘩啦啦地往她們灑下來，莎莉快速反應。

「【高壓水柱】！」

莎莉離開攻擊範圍，直接用強烈水流把毒推回去。面對未知的敵人，梅普露也舉盾跑到莎莉身旁。

「出怪了。」

「那是……魔王吧？」

「大概是。」

得先看清楚位置，不然沒得打。可是敵人不給她們時間，又噴出毒液團。

速度略慢，莎莉可以輕易躲過，梅普露也來得及。然而對方畢竟以毒為武器，不願意正面出擊的樣子。

「會留在地上嗎……！」

「莎莉，小心不要跑出範圍喔！」

毒液團落地之後會碎成一大灘，再加上阻礙視野的紫煙，戰場對敵人十分有利。要是沒有【獻身慈愛】保護，連說話的餘裕也沒有吧。

「總之先往毒液過來的方向射射看！」

「知道了！」

梅普露啟動武器，往毒液飛來的方向狂灑子彈。不時改變角度，上下左右都灑，總算有顆子彈削去了對方的ＨＰ。

找到方向的兩人漸漸縮短距離，為免離開【獻身慈愛】範圍而走在前面的莎莉先看見了魔王的長相。

「史萊姆類的啊……！」

那不停噴發紫煙，全由濃稠紫色流體構成的巨大身軀，同樣全身都是毒。沒有手腳，也沒有眼口，就只是個會活動的毒液團。

「【衝鋒掩護】！」

待梅普露追上，莎莉又能向前更多。

魔王動作緩慢，莎莉不怕它跑掉。她召喚出朧，在武器附上水與火，一個箭步便縮短距離。

「【五連斬】！」

刀刃噗通一聲陷進去，留下深深的攻擊痕跡和傷害特效。但即使經過技能額外加了三種傷害，效果卻沒有想像中好。

「好硬啊……有減傷？」

趁對方反擊之前，莎莉暫且後退，凝目戒備魔王的動作。

忽然間，魔王大幅膨脹，往四周噴出更濃的紫色毒氣。

「莎莉！」

急速擴散的毒氣很難躲避。即使有【獻身慈愛】，梅普露還是叫回莎莉以防萬一，隨後毒氣籠罩了她們。

「唔……！」

「有這個也不奇怪啦！」

梅普露冒出表示中毒的圖示。地上的毒蛇都會降抗了，魔王會也沒什麼好訝異。

問題是現在沒有地方能避難。

「梅普露，妳先全力補血！」

「【天王寶座】【救濟的殘光】【冥想】！」

梅普露除了使用自己的補血技能，還拿出伊茲給的持續補血道具，造出綠霧和魔王對抗。加上視時機補充的藥水，五重治療效果很快就把梅普露失去的ＨＰ補回來。梅普露就近看過很多次克羅姆的戰鬥，也很清楚持續回血的厲害。

「只有毒的話好像挺得住呢。」

問題是現在梅普露無法離開寶座，使用【冥想】也使得她無法攻擊，簡直是個只會對周圍散布絕對防禦的雕像。

「現在只能後退了……它會過來嗎。」

距離一拉開，魔王就只會丟毒液團，沒有近距離戰鬥。魔王也沒想到對方能在這毒霧之中打持久戰吧。如此一來，在任何一方——應該說在莎莉她們接近之前，戰況不會改變。

不過莎莉不能離開梅普露的庇護。

是不是該好好利用【高壓水柱】，拉它過來呢。莎莉這麼想時，梅普露出聲了。

「莎莉！感覺是好機會喔！」

「……？」

「魔王也會降抗性的樣子嘛！」

「……！ＯＫ，我來搞定！」

看來這位好朋友完全沒想過戰敗或苦戰的可能。不知那是對自身實力的自信，還是對戰友的信賴，是後者就好了。莎莉這麼想著，重新計畫。

蛇只是前菜，主菜正準備要上。

魔王說不定就有她們想要的東西了。為了將那團毒液送到梅普露面前，莎莉開始著手準備。

「嘿咻！……多虧有伊茲姊，現在能做的事好多喔。」

莎莉不斷往另一邊丟球。當然不是隨便丟，而是以毒液團飛來的角度和發射時的聲響判斷魔王的位置，試圖把球扔到它後面。

「鏗！」地好大一聲，充斥於周圍的紫煙稍微晃動。

見狀，莎莉往看不見的紫煙另一邊射出幾條絲線。隨後絲線繃緊的感覺讓她相信執行得很成功，一口氣收回絲線。

卡卡卡。有物體在地面摩擦的聲音。撕開煙霧出現的，是幾個大型球體，然後是被它們強行推上前來的魔王毒液團。

「好，成功了！」

球都是伊茲的特製道具，會隨時間經過而巨大化。原本是用來扔或加上棘刺來攻擊，不是莎莉會用的東西，但還是成功應用，將魔王拉過來了。

「【冰柱】！」

然後插上冰柱，不讓它逃跑，將魔王固定在不能動的梅普露面前。

就在它眼前的梅普露，被毒液噴得亂七八糟，但攻擊本身對她不起作用，噴再多也無濟於事。

「總之我先拉過來了……真的要吃嗎？」
「看起來很軟，應該沒問題！」
「我在意的是擺明有毒的部分啦……既然妳碰不到，我就直接把它蓋過妳喔？」
「ＯＫ！目標取得技能！」
莎莉進一步縮短梅普露和魔王的間距，拉到梅普露坐著也咬得到的範圍內，而魔王也因為距離太近而撲擊了。
「可以呼吸嗎！」
「不算在水裡，所以沒關係的樣子！」
「那就好，這樣就能坐著打……坐著吃了吧。」
梅普露以行動回答。毒液團中連續迸出小型傷害特效，血條些微減少。在其身體消失不見之前，它逃也逃不掉。
「請慢用。」
「好～」
即使完全埋沒在毒液團之中，聲音仍然很有活力，莎莉便放心替她戒備。
梅普露就這麼繼續與魔王戰鬥，或者說啃食。不愧是第十階的魔王，想吃死它會非常花時間。不過，梅普露拿了不少吞噬技能，其實都是以啃食方式——正確來說是吸取方式打最後一擊就可以了。莎莉在取得【操絲手】時就確認過了。

「【二連斬】！」

於是莎莉適度調整火力小心削血縮短時間，讓魔王不至於改變行為模式。

當梅普露一口接一口地吃著吃著，事情發生了。

毒液團開始顫抖起來。莎莉提高戒備，見到魔王瞬時掙脫束縛，從她眼前消失不見。

而且不僅如此。

她發現【獻身慈愛】的範圍急速移動，立刻採取行動。

「【超加速】！」

幸虧【獻身慈愛】範圍很大，往同一方向全力跑過去還能留在裡頭。大多只是顯眼的發光特效這次幫上了忙。

「梅普露，還好嗎！」

「我、我沒事……只是它突然跳走，嚇一跳而已。」

兩人知道彼此平安而鬆口氣時，怪事發生了。紫煙稀薄了點，仍有毒傷，但不會遮蔽視線。

而不再受限的視線裡，有好幾個毒液團在跳來跳去。

「咦！」

「……分裂了？感覺是如果找不到本體，就會一直中毒扣血這樣。現在還在瘋狂噴毒液。」

地面已經被噴到沒乾淨的地方能踩了。當然，魔王的噴射攻擊本身也有傷害，分裂對於想速戰速決的玩家是件討厭的事。

「只有一個內含梅普露，太好找了。」

「沒想到會這樣，真好運。」

「儘快吃死它吧，現在要拉回王座不容易。」

治療能力下降的部分，莎莉用藥水來補，等梅普露吃完。

「話說，好吃嗎？」

「不太行……」

外觀雖然像是葡萄果凍，實際上可是劇毒，豈有好吃的道理。

「說得也是。真虧妳能吃到現在。」

梅普露是經過許多次不知好還是不好的成功體驗，才會將啃食納入選擇中。

「希望至少有技能。」

「是啊！」

兩人就這麼看著漸漸減少的血條，慢悠悠地等待魔王再也沒有動作，戰鬥結束。

當最後一口清空魔王的ＨＰ，包覆梅普露的毒液團啪唧一聲崩解消失。

「莎莉謝謝！我一個人根本打不死這種東西！」

「沒人補血的話可能真的很困難吧，幸好有幫到忙。喔，毒氣也消失了耶。」

魔王消失的同時，充斥這空間的紫煙也散得乾乾淨淨。持續傷害梅普露的毒也隨之解除，不用再擔心中毒了。

「對了，有技能嗎？」

「啊！差點忘了……呃，有耶有耶！有變多！不過不是降抗的樣子。」

「喔喔～不愧是魔王。不如就趁現在沒人試試看吧？」

「那就來試吧！啊，ＭＰ不夠……裝在鎧甲上好了？」

「缺很多嗎？說不定可以靠換裝來彌補。」

「用的時候可以選１００、２００或３００的樣子。」

「能自選的話，當然是用最大值最好，感覺裝在裝備上比較好。」

想省這３００ＭＰ，需要足夠強大的裝備。既然已經有能夠彌補所需ＭＰ的頂級裝備了，那就順理成章走這條路比較省事。梅普露就此將技能裝進鎧甲的技能槽。

「那就用最大的３００喔！」

「嗯，用給我看看吧。」

「【毒性分裂體】！」

足以包住梅普露的毒液猛然湧現，流到地上到處擴散。
然後毒池咕嚕冒泡，升起三條毒柱。
它們逐漸變形成梅普露的樣子，連顏色都完全模仿，外觀上完全無法分辨。
「喔喔，分不出來耶。這個有模仿多少東西？」
「它說不會用技能，不過能力值都一樣喔！」
「也就是說沒有【絕對防禦】什麼的，可是裝備數值會反映上去的意思？」
「嗯。」
「原來如此。」
即使不帶任何技能，梅普露的獨特裝備仍有驚人防禦力。只要能反映裝備和基本能力值，一般攻擊就打不動了吧。
「可以對它們下簡單的指令，如果什麼都不做，會自己用毒液攻擊的樣子。」
「喔，就剛才那樣。」
「然後再發動一次就會爆炸！」
「……？」
「【毒性分裂體】！」
梅普露再次發動技能，具有梅普露外觀的三個分裂體碰地一聲炸開，毒液四濺。
「…………」

「好酷喔……真的爆炸了耶。」

畫面很驚悚，但莎莉仍寬心接受了它，並對梅普露問一件剛想起的事。

「話說，【蠱毒咒法】對那有效嗎？」

「可是它說不會有技能耶……」

「因為那畢竟是妳自己的毒技能，所以可能還是有效。」

「也是喔……」

「有效就很強了吧？防禦力都高到很難打，被人靠近也能炸掉，又有血條。跟我的分身不一樣，可以拿來當人牆。」

「這樣啊，說不定很好用喔！」

「不清楚的地方就多試試吧，可以編進戰略裡。」

「嗯！」

完成任務且取得滿意成果的兩人就此離開毒災魔王的巢穴。

◆□◆□◆□◆□◆

如同梅普露和莎莉正努力攻略第十階，其他公會也分頭進行，派遣成員到各自有利的區域等，制訂策略有效攻略。

這當中自然會有些公會特別順利快速，【聖劍集結】就是其中之一。

「雷依不愧是稀有魔寵～就是比較快啦～」

「不要掉下去喔，沒辦法救妳。」

「喔？培因，快到嘍。」

「好，開始下降。」

【巨大化】的雷依可供四人騎乘，不需要另外租龍。ＰＶＰ活動中也經常派上用場的高速飛行能力，在廣大的第十階地區也很方便。

著陸之後，四人跳下雷依。

「接下來就不能飛了呢～」

「天空也不是每個地方都能飛的樣子。」

幾個空域設有強風或無法擊殺的怪物，刻意不讓玩家通行。會因為飛行而導致事件或任務出現問題的地方，就會設計成這樣。

「疾影也能【巨大化】就好嘍～」

「都練這麼久了，應該不會有了啦。【巨大化】都是很初期的技能。」

若能騎乘疾影，在這種時候會方便許多，但似乎沒指望了。不過牠倒是具有在戰鬥中很好用的強力移動技能，就讓牠在正確之處發揮長才吧。

「好，趕快開打吧。」

「我來加速喔～嗯？」

想放法術時，一塊圓形的發亮地面掠過芙蕾德麗卡的視線。

抬頭一望，發現有隻公共飛龍飛過頭頂。在一小段距離外慢慢下降，消失在森林裡。

「那是……梅普露嗎？」

「應該是吧，【獻身慈愛】的光。」

「那裡有什麼東西嗎～？」

「不知道，目前沒資料。」

「我們去看看吧～說不定會遇到稀有事件喔～？」

「也好，不是不可能。」

「嗯，那就過去看看吧。」

「咦，真的？」

芙蕾德麗卡沒想到大家真的會答應，傻眼了一下。

「哈哈，這不是妳自己提的嗎。【大楓樹】也是動態值得關切的公會，第十階這麼大，碰巧遇到了當然是看看狀況比較好。」

「那就上雷依走吧！幸好【巨大化】還沒解除。」

「說得沒錯。雷依！」

培因載起三人，往疑似梅普露的光消失的方向飛去。

當位置差不多了，雷依降落下來，芙蕾德麗卡跳到地面查看四周。

「在這附近吧～」

「……！」

「…………！」

「喔？有聲音喔。」

內容聽不清楚，但確定不遠處有戰鬥聲和對話聲，看來是還沒進入地城。芙蕾德麗卡帶頭過去看情況，聽見眼前樹叢另一邊傳來熟悉的聲音才十二分肯定地從樹叢中探頭出去。

見到的是三個梅普露，她們緊抱著一個熊形的大怪物。熊不斷毆打梅普露，沒有造成傷害。

打著打著，血還很滿的熊忽然蒸發似的消失了。

「……？」

芙蕾德麗卡以為分身是莎莉的技能所致，但似乎並非如此。

所以會是新技能嗎。就在她緊盯著三名梅普露時，她們突然爆炸，散得到處都是。

「嗚哇……！」

「嗯？啊，芙蕾德麗卡！」

「啊！……呀呵，妳們好哇～」

恐怖畫面使芙蕾德麗卡忍不住叫出來，兩人注意到她的存在而走近。

培因等三人也隨後現身。

「抱歉打擾。芙蕾德麗卡碰巧看到妳們飛過去，想打個招呼就跟過來了。」

「原來是這樣啊！」

「我是想說搞不好會遇到稀有事件之類的啦～這邊離我們做任務的地方有點距離這樣。結果只是來試新技能的啊～」

「下次活動就先拿妳來試試看吧？」

「不用了，謝謝～」

「呵呵，看到了就不能留妳活口喔。」

話雖如此，他們並不知道技能詳情，看到了也無所謂。莎莉只是開開玩笑罷了。

而且這次的技能，無論知不知道都一樣麻煩。

「芙蕾德麗卡偷看妳們試招還是不太好，我願意提供一點情報來賠罪。」

聽到對方願意拿情報來賠罪，兩人便不客氣地拿了幾個。

「大公會果然厲害。【聖劍集結】的進度應該已經衝得很遠了吧？」

「還好啦。雖然人手很多，但還是不太夠的感覺。」

「如果光做任務，是不會那麼卡，但那樣會錯過很多事件。」

「我們又要變得更強了呢～啊，下次有機會再決鬥吧。」

「好哇，期待妳的表現喔。」

「探索到現在，沒去過的地方還是占絕大部分。我們這邊是人手愈多愈好，既然之前同盟過，想互相幫忙的話我們也會樂意接受。」

「當然沒問題！」

「有不懂的隨時可以問，有需要也可以過去幫。」

「好！」

「那這樣乾脆現在就過來幫吧？我們是在探索的路上啦～」

「梅普露好我就好，要嗎？」

「嗯，沒問題！會不會剛好在做同一個任務啊？」

「需要連續打好幾場，有【聖劍集結】在就可以很放心了吧。」

「好耶～！嗯哼哼，這樣我就不用想防禦的事了～」

「這就是所謂的雙贏吧！」

「那就快走吧。可以專心攻擊的話，戰術就不一樣了。」

「是啊，花太多時間也不好，趕快出發吧。」

和【聖劍集結】一起做任務。在梅普露絕對防禦的庇護下，每個都能打出最強攻擊。

蹂躪一波接一波，怪物被技能轟來轟去。

即使是魔王也不例外。

就算到了第十階，也不會把能夠對抗六人萬全狀態的怪物放在誰都能挑戰的任務裡。

這次能不能完成任務，早已沒有多說的必要。

因為梅普露他們的隊伍就是如此強大。

第六章　防禦特化與交友關係

日子在反覆探索中一天天過去。對於至今取得了各式技能的梅普露幾個而言，第十階的怪物強是強，但絕不難打。大夥沒有遭遇任何挫折，一路順遂地完成任務，基礎性的第一區任務可說是幾乎征服了。

當然，這沒算上隱藏任務，不過那與討伐大魔王的任務無直接關聯，容後再提。

兩人收拾好書包離開教室，今天也是直接回家。

「楓啊，今天能上嗎？」

「嗯！呵呵呵，因為我事先找時間念書了！」

「喔～不錯喔。」

「那理沙妳呢？」

「都什麼時候了，我才不會犯會讓人喊停的錯。」

「那我就安心了！」

「話說回來，模擬考快到了，時間可能會更吃緊吧。」

「唔唔唔……只要拿到好成績就行了！」

「嗯，可以的話說不定能喘口氣。」

好成績就是最好的籌碼。只要拿得出來，父母不會吝嗇多給點空間吧。

「那我們再來開一場讀書會吧！我剛好有買好吃的蛋糕。」

「是妳自己想早點吃吧？」

「我也想讓妳吃吃看嘛！」

「那就謝謝啦。我會趁好吃的時候去的，說去念書的話我媽也不會囉唆吧。」

「好期待喔！」

「嗯，我也是。」

可惜今天已經有約，所以讀書會就留待日後，兩人約好時間邊聊邊走。

今天兩人的約都一樣，要在遊戲裡冒險。

「那回去以後在線上見面喔。感覺厲害的魔王快來了。」

「加油加油～！」

兩人就此快步回家，迅速換下制服，投入「NewWorld Online」的世界。

◆□◆□◆□◆□◆

梅普露來到公會基地，莎莉已經在等了。

「久等了。」

「剛到而已啦。」

梅普露跑向莎莉，並注意到第十階地區公會基地特有的變化。

「啊，已經全部接通啦。」

「好像是。多虧大家幫忙，要謝謝他們才行。」

通往每個城鎮的魔法陣都開啟了。【大楓樹】全體成員分頭或淺或深的探索，使他們已經能夠自由往來所有城鎮。

可說是為探索第十階打好了底。

「那麼，今天要去接的任務好像有強力魔王。」

「情報還不齊呢。」

從已知的任務名稱來看，恐怕頗為強大。上次上線是時間不夠了，所以留到現在才打，兩人都不知細節如何。

「從哪個城鎮出發都能探索，自由度變高，反而造成整體資訊東缺西缺的。」

「如果有固定順序，大家都會去同一個地方，情報就來得很快。可是這裡……」

「就是這麼回事。」

「要找人幫忙嗎？以策萬全那樣！」

「想穩穩贏的話是不錯。妳名單裡有誰能來？」

梅普露的聯絡人，不管哪個來都很可靠。強到破表的她交的朋友自然也都是強者。

梅普露迅速傳訊，等候回音。

「……可以來耶！」

「喔，那這樣就算魔王再凶猛都能打了。」

兩人等了一會兒，有兩個玩家從發出強光的魔法陣走進公會基地。

「梅普露姊姊！」

「打得還順利嗎？」

「麻衣、結衣～！謝謝妳們來幫我！」

「『打魔王找我們就對了！』」

梅普露找的就是結衣跟麻衣，從發掘她們到現在已經過了很多時間，如今攻擊力不只是【大楓樹】第一，甚至堪稱全玩家第一，成長成非常可靠的主力了。

「那妳們順利嗎？」

「我們現在是跟奏哥哥和伊茲姊一起，主要在第三區調查……！」

「達成幾個條件以後，就可以跟第三階一樣用飛行器了的樣子！」

儘管有僅限第十階使用等限制，穿上了提供自由飛行能力的靴型飛行器就能隨心所欲地飛，戰鬥自由度會非常高。

「好像應該從機械城那邊開始打喔。」

「我們知道效率好的拿法喔！」

「太好了！有那種鞋子以後，第三階的戰鬥可以做出完全不一樣的事，無論如何都想先做起來才對。」

未探索區域果然是魅力十足，時間再多也不夠用。

「我們也很順利喔！還有拿到技能呢。」

「「什麼樣的技能？」」

「這個嘛，會分裂，變成長得跟我一樣的毒液。」

「「？？」」

「然後會破裂，把毒灑得到處都是！」

「「？？？？」」

「……就是那樣沒錯啦。」

兩人腦袋裡，播放著梅普露分裂成好幾個，而且還會動，並由內爆開的畫面。像是畸形的外星人。

「直接秀給妳們看比較快，所以找妳們來幫忙打魔王嘍。」

「好、好的！」

「沒問題……！」

四人結束意外發生的小插曲，一起去接任務。

「啊，不曉得妳們兩個能不能接耶？」

梅普露這次要接的任務，需要完成幾個前置任務才會出現，而結衣跟麻衣都還沒做。

「這點妳不用擔心，雖然不能接任務，還是能過來幫忙打王，也可以參加最後的討伐大魔王。」

「真的？」

「真的真的，妳就放心推進任務吧。」

雖然莎莉沒說為什麼，仍足以消除梅普露的不安。這樣一來，就能無後顧之憂地去打魔王了。

「那就去接任務吧！」

梅普露和莎莉就此帶兩人前往每次接任務都會去的建築物。路已經很熟悉了，沒有迷路筆直前往，和照常在房裡的男性隊長說話。

「很高興見到妳們。多虧妳們的驍勇善戰，威脅已經順利排除了，真的是非常感謝。因此，有件事需要特別拜託妳們。」

接著說出的是目前魔王最強的手下正在某地肆虐，內容簡單明瞭，就是打倒他。

「對方不是省油的燈。我們也對他做了許多調查，準備了一些道具。數量不多，但還是請妳們拿去用吧。」

「謝謝！」

梅普露從男子手中接過道具。捧在兩掌上的是大小重量皆如棒球的三顆黑球。

「再過一段時間，我們可以弄出更多。用完了就過來看看吧。」

莎莉解釋，這意思就是用完了才會補給，一次最多能拿三顆。

「那就要注意時機了呢……！」

「等一下來看效果吧！」

「應該對魔王很有效。」

「我相信妳們的能力。其他活躍起來的怪物，由我們來擋，不會干擾到妳們的。」

「好！」

任務完成條件是擊敗魔王，獎賞部分寫的是「大魔王的魔力・I」如此一個陌生的詞。接完了任務，一行人便離開建築，聊著任務的事走向野外。

「這個『大魔王的魔力』好像是跟第十階大魔王有關的關鍵道具喔。」

「這樣啊。」

「有這個就知道需要做到哪個任務了，很好認耶。」

「其他地區最後的任務也會有道具嗎……？」

「這還不曉得。雖然從其他城鎮開始也不錯，從這裡開始攻略的人還是最多，所以其他地區的情報還很少。」

既然從哪裡開始攻略都行，玩家大多順勢從距離九到十階地城出口最近的這座城鎮開始也是很正常的事。

「這部分就敬請期待吧……這次騎月見和雪見過去最快吧。」

麻衣、結衣和梅普露一樣，能力值太極端而無法騎龍，只好借助魔寵的力量了。

「月見！」

「雪見！」

四人騎上熊背奔過原野。結衣跟麻衣用【拯救之手】在周圍轉動巨鎚，接近的怪物全都一一消失。

「看樣子是一路暢通呢。」

「好棒喔～！」

「打倒怪物——」

「是我們拿手的部分！」

確實是這樣沒錯。強韌的怪物都撐不住一擊，敏捷的怪物也無法躲過所有巨鎚。

基本上是為了讓玩家升級而存在的平凡野外小怪，連一秒鐘也絆不住她們。

梅普露幾個也不會在這種地方多作停留，目標是魔王的所在。四人心無旁騖地往地圖標示的任務地點奔去。

結衣跟麻衣的異常攻擊力蹂躪路上所有怪物，來到目的地。眼前是一望無際的草原，吹著輕柔的風。

附近沒有怪物，也沒有顯眼的建築物，也看不到洞窟或打倒毒液團時那種地裂。望向天空，看見的也盡是無垠藍天。

「這裡？」

「看地圖是這裡沒錯。」

「可是……」

「好像沒東西耶。」

但目的地的確是這裡。隨後注意到的巨大地鳴，也為她們證明了這點。

眼前地面湧出大片黑色。與梅普露的【重生之闇】很類似的現象，使四人連忙保持距離觀察情況。

是有東西要出來了，還是已經出招了呢。現在能確定的是那與任務有關，不能輕忽。

「……沒後續了耶。」

「黑黑的那個也停了。」

「中間在發光……是魔法陣嗎？」

湧現的黑暗停止擴大，除了邊緣有些晃蕩外沒有後續動作。中央有個像是魔法陣的東西發著詭異黑光，引誘梅普露等人過去。

「梅普露，先發動【獻身慈愛】再去。」

「ＯＫ！」

接下來可不會像路上那麼輕鬆。更進一步地說，這次麻衣、結衣和莎莉都同樣一擊也受不起。

梅普露的【獻身慈愛】在這場戰鬥是必要技能。

「為安全起見，我們再確定一次道具效果。」

接任務時獲得的道具，是能夠抵銷魔王技能的耗材。

這是相當強力的道具，而且有三個。顯然接下來要面對的敵人非同小可。

判斷力優秀的莎莉基本上是使用道具分散風險，自己保留兩個，一顆則交給最難倒下的梅普露救急。

有強敵來襲的預感，使四人繃緊神經。但敵人再強，也改變不了自己也很強的事實，不需要過分恐懼。四人就在【獻身慈愛】的保護下，踏進了散發黑光的魔法陣。

◆□◆□◆□◆□◆

在黑光籠罩下傳送的四人，在光輝散去後終於能看清周圍狀況。

周圍是一如原先地形的開闊草原，不同的是晴朗天空現在烏雲密布，強風帶來不祥的預兆。

「來了。」

地面與來時相同，有大片黑色擴散開來。只是這次沒有再要她們傳送到其他地方，從中出現的是一個怪物──四人所接的最終任務目標，必須打倒的魔王現身了。

他枯木般細長的漆黑手腳啪嘰作響地動作，破爛的大衣血汙斑斑，頭上還戴了動物骨頭製成的面具。手中的骨杖尖端燒著與雙眼相同的藍色火焰，對四人造成強烈的壓迫感。

魔王展臂揮杖，地面黑暗如漩渦般旋動起來，迅速擴散。

「好，要專心嘍！」

「嗯！」

「「好！」」

黑暗逐漸散去。即使沒有梅普露的【獻身慈愛】，黑暗也不會造成傷害。這是從事前蒐集的情報就知道的事。

周圍草原不知去了哪裡，梅普露等人發現自己身在樹木高大的深林之中。魔王消失不見，四處沙沙作響，有敵人接近的動靜。

「森林啊，運氣不錯。這裡就不跳過了。」

「ＯＫ！」

魔王的技能，使得場地會在幾個固定地區之間定時切換。

ＮＰＣ給的道具就是用來跳過不適合場地重抽。

在梅普露的庇護下，四人的接受範圍極廣。其他玩家撐不住的場面，有了梅普露也能像沒事一樣。第一個就抽到沒有棘手地形效果的森林，運氣相當好。

黑色人形怪接連現身，包圍著四人接近。那彷彿從黑暗中剪下來的漆黑軀體。雙眼和魔王一樣燒著藍火，有著長長的手臂和利爪，細瘦得像是速度型怪物。

四人猜得沒錯，數十隻怪物迅速移動起來，以眼睛看不清的速度飛馳著發動攻勢。

遭到包圍，也就是必然會有來自死角的攻擊。只有莎莉反應得來，其於三人都毫無招架之力地被爪子抓個不停。

「都沒事～」

「「謝謝梅普露姊姊！」」

只要沒有穿透效果，就沒必要速戰速決或急著用某些技能。而且怪物和外觀一樣，有速度沒力量，不會擊退。

這場利用數量優勢，讓玩家無暇喘息的連續攻擊，對梅普露來說同樣是簡直不存在一樣。確定安全以後，她們繼續尋找魔王的身影。

「會在哪裡啊？」

「這裡除了王以外都是無限生，一定要先找出來。」

「我們來清一些掉吧。」

「這樣會比較好找……！」

敵人會主動接近，方便得很。結衣跟麻衣轉動起來，共計十二把巨鎚將接近的怪物全部粉碎。

基本上，她們在野外都是靠這招升級，已經很習慣這樣的基礎動作了。即使無法自動操作，也能一面攻擊一面尋找魔王。

「在那裡！」

掃平周圍怪物之餘，莎莉在林縫間發現魔王的身影。

「姊姊！」

「嗯……！」

只要找得到，勝利就在手中了。知道有梅普露保護的兩人停止旋轉巨鎚，緊盯魔王。

毫不在乎前撲後繼的小怪，往魔王打出衝擊波。

「「【遠擊】！」」

眼前的怪物全都像玻璃一樣碎裂，樹幹也一併爆散而垮下，砸在魔王身上。但即使經過這完美命中的攻擊，魔王的ＨＰ仍有一半以上。

「情報裡還沒有提到能不能一擊殺，看樣子是不行呢。」

即使做得到的玩家日益增多，在沒有事前準備下也能輕鬆秒殺魔王及怪物的也只有結衣跟麻衣而已，沒有這方面資訊也是理所當然。

沒能如意一擊取勝的四人被黑暗奔流所吞噬。

「沒傷害喔！」

「也就是說……」

當視線開闊，她們已身在白色的正方形房間中。魔王就在眼前，結衣跟麻衣把握機會拿好武器。

「小心點，這裡還沒有情報……！」

魔王法杖一揮，四人浮上空中。不，是「往房頂墜落」了。反轉的重力使得上下顛倒，強迫梅普露等人移動。

「哇哇哇！」

「幸好【獻身慈愛】不影響這個……！」

如果梅普露會替所有人承受重力方向的變化，那麼結衣跟麻衣就會留在原處了。魔王更在四人墜落時射出骷髏形狀的幾團黑光。

現在與原先場地不同，攻擊效果仍是未知。在還沒準備好迎戰的狀況下，莎莉認為盲目承受攻擊的風險太高。

「梅普露，給妳看個好玩的！【水龍】！」

莎莉張設的魔法陣射出龍捲風般的粗大渦流，最前端是以水構成的龍頭，整個就像一條龍一樣。

水龍吞噬了往她們射來的攻擊並衝向魔王。魔王立刻以傳送躲避，四人因而有時間安然落地重整旗鼓。

「呵呵，這招不輸妳的【毒龍】喔。」

「不愧是莎莉！【操水術】的？」

「對對對。」

不枉莎莉用得這麼勤，等級提升得很高，技能也增加了。多虧了莎莉，她們現在能稍喘口氣。這樣的房間，最好是趕快打完趕快出去，四人注視魔王。他飄浮起來拉開距離，法杖再度放出黑光。

要開始反擊了。有鬥志是很好，但現實並不如意。

重力方向切換得比想像中還快，全點組的三人反應不及。

「哇哇哇哇！」

「梅普露姊姊——！」

「停不下來耶……！」

「魔王還會傳送……每次剛落地，重力就變了……」

目前就像是被關進了不停滾動的骰子裡，難以戰鬥。即使能夠適應的莎莉以魔法攻擊，魔王也會在擊中前以瞬間移動閃避。在莎莉還能處理魔王的攻擊時還不會輸，但這樣就算能贏，到時候也已經彈盡援絕，後面的戰鬥恐怕打不下去。

「梅普露、麻衣、結衣！先跳過這個房間！」

「知、知道了！」

「「太好了……」」

莎莉使用接任務時獲得的道具後，什麼也沒有的純白正方形房間開始崩解，轉移成其他場地。

新場地巨岩遍布，死角不少。莎莉知道這裡，概念和森林差不多，認為抽到好場地而放心地點個頭。

至於梅普露——

「莎莉——！」

則是被竄出地面的大沙蟲咬個正著，帶上空中。被銜在嘴裡的她陷入動彈不得的束縛狀態，連攻擊也不能，不過這對她而言問題不大。

「對不起喔，梅普露，妳再忍一下！麻衣、結衣，我們先把周圍清乾淨！」

梅普露成為目標時，其他人容易自由行動。畢竟【獻身慈愛】是用來承受攻擊，不

是驅散眼前怪物。

「梅普露姊姊！」

「先等一下喔！」

為了承受怪物的梅普露，兩人迅速作戰。

她們照常高速旋轉必殺巨鎚，但目標不是大沙蟲，而是周圍的巨岩。

每次擊中巨岩，巨岩就像保麗龍一樣輕易粉碎。只有巨響與煙塵述說著那是真的岩石。

才一下子，巨岩全都成了小石頭，視野狹窄的岩石叢林變得像草原一樣平坦。

「「結束了！」」

「NICE！趕快去救梅普露吧。」

沒有特殊防禦手段的怪物，承受不了結衣跟麻衣的攻擊。當用來整地的巨鎚往怪物揮去，再來就只有死路一條。

結衣跟麻衣接住重獲自由的梅普露，再度查看四周。

到處敲石頭而揚起的灰塵已經落定，能在失去遮蔽物的場地看見魔王的身影。

眼前是一群蠢動的沙蟲。原本是受到地形阻礙，沒那麼容易接近。

「梅普露姊姊、莎莉姊姊！」

「請跟我們來……！」

「ＯＫ！防禦看我的！」

「我會幫忙補刀。」

但那是普通玩家來打才需要。每當結衣跟麻衣接觸逼來的沙蟲，牠們連一次攻擊動作都做不出來就粉碎了。

完全是屠殺，每一步都帶來更多擊殺數。攻防一體的迴旋巨鎚，當場剷除所有從地面竄向她們的生命。只要先整理好環境填補弱點，結衣跟麻衣就是最強。

魔王的攻擊有莎莉用魔法阻擋，或梅普露以槍彈抵銷，再也沒有任何事物能阻擋她們的腳步。

「朧，【束縛結界】！」

莎莉瞬時停止魔王的動作。有這一瞬間就夠了。只要她們進入攻擊範圍，做好攻擊準備，一眨眼就能了結一切。

「「【遠擊】！」」

第二次命中。魔王ＨＰ低於一半了，看樣子再兩次就能打倒。即使無法一擊殺，四次就死的事實也夠超乎常理了。

「好！照這樣打下去！」

「「好！」」

為求事半功倍，首先要抽到好場地。就算沒有，也要設法攻擊。

「……好。」

莎莉在腦中整理能藉剩餘技能與那個道具所能組織的戰略。

愈是接近勝利，就愈得防範陰溝裡翻船。

尤其是這樣的陣容。對於安危的判斷幾乎是落在莎莉一人身上。

為了不敗在可笑的失誤上，莎莉必須冷靜應對。在其他三人衝衝衝的氛圍之中，只有莎莉繃緊了神經。

在黑光覆蓋下，眼前世界再度崩解，迅速重新架構。

四周變成眩目的紅。被熊熊火焰包圍的四人見到梅普露身上跳出傷害特效後，立刻理解了狀況。

「【救濟的殘光】！」

梅普露會失血，表示有固定傷害。而且她是替所有人承受，ＨＰ快速削減，靠自動補血也補不回來。

這時候用道具重抽場地比較安全。換作是別人，也一樣不會想在會造成固定傷害的火焰裡戰鬥。無論誰都會這麼想吧。

「梅普露！」

「嗯！」

果然資訊才是最大的武器。莎莉緊盯著火焰另一邊的黑光。

在一片紅的背景裡，魔王周圍的黑光特別顯眼。

她們已經握有這場地的情報，而其中最重要的是，魔王在這裡要等到一定時間過後才會移動。

「【水道】！」

「【全武裝啟動】！」

莎莉用絲線繫住結衣跟麻衣，遁入伸往空中的水道。梅普露配合她們，藉爆炸從底下飛去。

梅普露的任務是維持她們在【獻身慈愛】的範圍之內，莎莉的任務是將結衣跟麻衣拉上空中，直衝魔王。

四人忍住想換場地的衝動，要把握機會快速決勝。

「不會動就簡單了！」

「結衣！」

兩人都是被莎莉用絲線強行拉到空中，難以正確攻擊目標。於是兩人將飄在空中的十二把巨鎚排成橫三縱四的長方形。

「「三、二、一！」」

沒縫隙就不怕打歪了。結衣跟麻衣同時砸下的巨鎚，如一整根超巨大榔頭似的猛擊

魔王的軀體，將他轟隆一聲打趴在地。

「好，做得漂亮！」

莎莉俐落著地，鬆開繫住兩人的絲線。

「成功了耶！」

「太好了……」

「謝謝～！竟然一次就成功了！」

失手了梅普露會撐不住，需要立刻換場地，真是多虧了結衣跟麻衣的精彩表現。

「道具還剩兩個。穩穩打最後一波吧。」

「嗯！」

「「好的！」」

結衣跟麻衣再來一次就能打光魔王的ＨＰ。火焰熄滅，黑暗往四面八方擴散。不知何時，周圍又變成開打之前沒有任何障礙物的原野了。

這時，魔王重重地爬出眼前地面。結衣跟麻衣見機不可失，立刻砸下巨鎚。轟然巨響中，被蓋在巨鎚堆底下的魔王竟穿過了巨鎚，向前踏來一步，面前生成魔法陣擊出黑色光束。

「沒有用耶……！」

「應、應該有打中啊？」

「不要急！那對我們也沒用！」

「「梅普露姊姊！」」

梅普露安撫慌張的兩人時，四周接二連三地出現與魔王相同外觀的怪物。

「放心放心，我們有梅普露，應該不會難打。冷靜一點，把本尊找出來。」

「「好！」」

四人被無法打倒的敵人包圍，四面八方接連有強烈魔法射來。

狀況聽起來很絕望，但光是放個梅普露，問題就全都神奇地解決了。

再來就是從中找出魔王真身。攻擊會穿過分身而無法造成傷害，不盡然是壞事。

「照平常那樣打喔，姊姊！」

「知道了。」

「這邊交給我！【開始攻擊】！」

「【高壓水柱】！」

四人背靠背，各朝一方發動攻擊。結衣跟麻衣用巨鎚，梅普露用槍砲，莎莉則是將道具混在水中攻擊，攻擊那些堪稱是魔王幻影的敵人。

現在要的是範圍，不是威力。梅普露不停變換角度灑子彈，其中一個清楚爆出了傷害特效。

「好像找到了！」

本尊沒有不會受傷的道理。這想法果真應驗了。

「【超加速】！」

「妳們上來！」

莎莉在跟丟魔王前瞬時加速，梅普露也用武器載起結衣跟麻衣，以【衝鋒掩護】追上，利用莎莉的速度縮短距離。

「麻衣、結衣，妳們在這邊揮！」

「「【決戰態勢】！」」

兩人按照莎莉的指示揮動巨鎚，穿過一個個幻影尋找命中反應。迴旋的死亡鐵塊擊出尖銳聲響，真的使魔王粉身碎骨。

「打中了！」

那聲音也表示了四人的勝利。結衣跟麻衣成功的歡笑，也引來梅普露和莎莉的笑容，看著四周黑暗消失不見，恢復成原來景色。

◆□◆□◆□◆□◆

四人隨擊敗魔王而返回原來野外後，最先看到的是緩緩從天而降的黑色團塊。

團塊落在四人眼前，懸空不動。

「拿起來看看？」

「嗯。」

梅普露聽莎莉的話往團塊伸手，團塊在她碰到的同時爆散，接著收到任務完成的系統訊息。

梅普露和莎莉查看道具欄，發現都多出「大魔王的魔力・I」。說明表示收集完畢之後，能開啟通往魔王所在的路。

「應該是不必每個人都有，隊伍裡有一個人用就會帶全隊過去了。」

「那大家分頭蒐集會很快吧！」

「如果只是想測試，找其他公會合作會最有效率。如果是想用自己的時間來反覆打王農裝備，就要等到全部打過以後了。」

現在目標是在梅普露和莎莉忙考試之前擊敗大魔王，不是找裝備或技能，所以事情就像莎莉說的那樣，協力推進任務的效率會高出很多。

「這樣城鎮任務就告一段落了嗎？」

「是這樣沒錯。之前也說過了，隱藏的區域或事件找不完，以後再說。」

尋找不確定是否存在的事物總是困難，再說她們沒有那麼多時間。最好是以探索攻略魔王的必須區域為主，路上期待梅普露的天生好運會發揮作用。

「麻衣、結衣，謝謝妳們今天來幫我！超強的啦！」

「很高興能幫上忙！」

「只要時間對得上，隨時可以找我們幫忙……！」

結衣跟麻衣的協助能與梅普露契合，非常強大。如果有機會，當然會想找她們一起打魔王。

「梅普露，再來去哪裡？」

「去哪好呢……照之前說的去第三區？不是有可以飛的鞋子嗎？」

「「有喔！」」

「我也滿想要那個的。靠這個鞋子在空中移動，還是有它的極限。」

莎莉都是靠【操水術】【冰柱】【操絲手】和【步入黃泉】製造落腳處，用技能達到一般玩家所不能的空中機動力，可是它們都有冷卻時間，【步入黃泉】還會降能力值，限制很明顯，第三階提供的飛行器就沒這種問題了。若能大幅改變未來的戰鬥自由度，當然是愈早拿愈好。

「我們正在跟伊茲姊和奏哥哥打第三區喔！」

「說不定我們也能回答一些問題。」

「嗯！靠妳們嘍～」

「「好！」」

決定好下一個目的地後，梅普露和莎莉再次向結衣跟麻衣道謝並告別。

◆□◆□◆□◆□◆

過幾天，因為理沙的念書進度出現預期外的落後，臨時無法上線，楓便單獨登入「NewWorld Online」。

由於跟莎莉約好了要一起攻略第三區，所以她來到的是已經攻略過的第一區公會基地。

在想今天要練等還是尋找隱藏區域時，基地大門碰一聲打開了。

「打擾啦～！莎莉，今天也來打……咦？」

「芙蕾德麗卡！對不起喔，莎莉今天有急事……」

「這樣啊～有急事就沒辦法了～」

芙蕾德麗卡跟莎莉決鬥都有先約好，但今天她臨時無法上線，變成無事可做。

「嗯～啊！那換妳跟我打怎麼樣？我都沒有跟妳對打過耶～」

「咦～？跟我？」

「對呀對呀～妳之前不是又拿到新技能了嗎～？不只是莎莉，我也需要蒐集妳的情報呢～」

「不曉得我會不會打得很爛耶……不過既然妳都這麼說了，那好吧！」

「ＯＫ～！趕快打起來打起來！」

這對難得的組合就此進入訓練場。

幾分鐘後。

「莫名其妙莫名其妙莫名其妙！」

芙蕾德麗卡不停鬼叫，張開大量屏障抵擋一眼望不完的大量怪物。

梅普露學會【救濟的殘光】而能夠使用【方舟】這水系技能後，就能發動第二次活動時得到的【古代之海】了。

這技能創造的魚，會灑出降低ＡＧＩ的水。但在梅普露用來，就成了【重生之闇】的飼料。

只會降ＡＧＩ的魚沒有攻擊能力，數量也就相對地多，讓牠們都重生為怪物就會是一場災難。

「【毒龍】！【流滲的混沌】！」

「拜託喔！啊～！」

怪物成了肉盾，使芙蕾德麗卡無暇攻擊梅普露。忽然間一片屏障破碎，怪物從缺口淹進來。

「唔啊～！」

芙蕾德麗卡當場被怪物壓在底下，ＨＰ掉光，決鬥結束。

「還、還好嗎？」

「嗯～好像打不贏這個耶～」

「真……真的嗎？」

「真的！」

不管對上莎莉還是梅普露，結果都一樣是芙蕾德麗卡輸。但是過程和輸法卻是完全不同。

對戰莎莉時，芙蕾德麗卡感到的是技術的差距。誰的選擇更正確，優勢就在誰那邊。因此，只要能誘發一次失誤，優勢就會立刻反轉。

而對戰梅普露時感到的，卻是壓倒性的輸出差距。那技能的暴力不是換個引擎或是提升點技術就補得起來的。

現在的芙蕾德麗卡打不倒梅普露，想逼倒她，有數不完的難關要克服。

「梅普露只能交給培因打了呢～」

培因同樣擁有出格的輸出能力。芙蕾德麗卡乾脆地認定梅普露不是自己能戰勝的對手，面對現實。

「【大楓樹】最強的還是梅普露呢～」

「咦咦～？」

「一般來想都是這樣吧？」

「絕對是莎莉比較強啦～」

「真的嗎～？」

「嗯！莎莉真的超強的！」

「說得這麼肯定，妳有跟她打過嗎～？」

「咦？是沒有啦……嗯……可是……」

梅普露手捂著嘴，試著想像她和莎莉決鬥誰會贏。不過仔細想想，她完全沒想過這種事，最後只有「莎莉會照樣以驚人動作轉眼取勝」這麼一個模糊的感覺。

「總之～哪天要打就先跟我說一聲喔～對【聖劍集結】擬定戰略很有用～」

「唔唔唔，好像不要說比較好耶……」

「哈哈哈～答對了～」

「啊，既然妳平常會跟莎莉約，先告訴妳比較好吧……？」

「？」

梅普露將自己和莎莉未來會有段時間不能上線的事告訴芙蕾德麗卡。

「唔呃！不在那之前打贏莎莉的話，會被她跑掉的意思嗎！」

「妳們也打很久了，莎莉真的很強嗎？」

「超強的～尤其最近一直在變強的感覺～」

「因為技能變多了嘛。」

「嗯～是這樣沒錯啦～但還有種氣勢不太一樣的感覺～對於可能會被打到時的反應異常地快之類的～」

「嗯嗯嗯。」

莎莉和芙蕾德麗卡決鬥時都是傳送到獨立空間，梅普露不清楚內容。

她對戰鬥的了解也不深入。作戰計畫基本上都是莎莉訂的。

因此，她沒有立定計畫來戰勝對手的習慣。

這導致芙蕾德麗卡講決鬥的事，讓她聽起來很新鮮。

「……？」

而這也讓梅普露想起了過去的事。無論是為了戰勝芙蕾德麗卡還是怪物，重視戰前規劃一直是很理所當然的事。

梅普露也聽莎莉——不，聽理沙講過很多次那方面的事。

但不知不覺間，那種對話不見了。

「梅普露～？」

「啊！抱歉抱歉。」

「在想事情啊～？」

「嗯，有點。」

「……雖然今天打輸妳，我也覺得自己沒機會贏，但是公會對抗賽那時我們可不會輸喔～」

「彼此彼此……奇怪？妳說對抗賽？」

「在妳們不能上線之前是不會有啦～不過那種活動都會有時間加速，妳們不至於找不到時間參加吧？」

「好像真的是這樣喔！」

「嗯哼哼～我會拉高等級等妳們的～」

「我也會提高防禦力加油的！」

「……我看妳也不需要再撐防禦力了吧～隨便啦～」

之後芙蕾德麗卡又跟梅普露聊了點她和莎莉對戰的事，悠哉殺時間。

「掰啦～我會再來打倒莎莉的～」

「掰掰～！」

梅普露對聊夠走人的芙蕾德麗卡揮揮手，思考接下來要做什麼。

照原本打算練等級，或是到第十階以外的地區探索也不是不行。

過去的階層肯定還藏有很多很多祕密。

傷腦筋到最後，一則訊息幫助她打定主意，走出公會基地來到訊息告訴她的地點，

一個熟人等在那裡。

「蜜伊！」

「……來得真快。沒打擾到妳什麼吧？」

蜜伊窺視四周，對梅普露悄聲說話。梅普露只是在煩惱該升級還是怎樣，表示不會有問題，問蜜伊想做什麼。

「妳說妳想去這附近的一個地方，是哪裡呀？啊，毒王那邊？」

「這次不是那種……沒有要打難打的王什麼的，單純是有東西想給妳看而已。」

「咦～什麼啊……嗯嗯嗯。」

就目前資訊，無從推測蜜伊想給她看什麼。蜜伊說那位在第一區，不過梅普露沒印象在做任務的過程中見過那種地方。

「呵呵，就請妳好好期待吧。」

「知道了！」

「沒有很遠，騎伊葛妮絲馬上就到了。」

蜜伊叫出伊葛妮絲並【巨大化】，載著梅普露迅速升空。

「鳥在飛果然快～！」

「應該不會輸這裡出租的龍喔。都養這麼久了。」

魔寵等級升高以後就沒那麼容易倒下，稀有魔寵的能力值漲勢也比較好。

伊葛妮絲的ＡＧＩ隨升級快速成長，真如蜜伊所說，以極快速度飛過野外，一轉眼就到達目的地準備降落。

眼前是深邃的叢林，滿是又粗又高的樹木，還纏繞著比梅普露身體還粗的藤蔓，似乎可以走上去。這就是蜜伊的目的地。

「接下來有故意設計成不能飛過去，所以要從藤蔓上走過去。」

「我先用【獻身慈愛】？」

「嗯，應該會安全很多。」

「ＯＫ～！」

這裡畢竟是野外，會有怪物出沒，梅普露的防禦有其效用。

「【炎帝】！」

試圖接近的怪物，全被蜜伊雙手的火焰立刻燒成灰燼。

「這附近的怪物比較怕火，所以我都在這邊練等，結果一不小心就遇到了～」

花草類怪物看起來都很怕火，蜜伊的火球也果真幾乎一擊就能燒光它們。

梅普露知道沒必要刻意支援，便專心於保護蜜伊，跟在她身邊。

即使藤蔓很粗，腳下仍不算安穩。梅普露注意著不掉下去，看蜜伊不斷擊倒怪物。

兩人從藤蔓走上枝條，再移到另一棵樹，渡過藤橋愈爬愈高。

「變得好高喔～」

「小心掉……妳應該爬得回來，不要緊吧。」

「我還有【機械神】呢！」

「對啊。哎呀，就是這附近……來了！」

蜜伊所指之處，往天空延續的葉狀綠光上，有個像是白色毛球的東西一蹦一蹦跳過來。蜜伊毫不猶豫地躍入空中，在葉子上著地。

「梅普露！這邊這邊！」

蜜伊伸手等梅普露，而梅普露助跑幾步跳出藤蔓。

然後還沒碰到就掉下去了。

「梅普露！」

「衝、【衝鋒掩護】！」

成為自由落體的身體因技能效果急速上升，停在蜜伊身邊。

「好、好險喔……」

「我也嚇了一跳。妳用那個跟可能比較安全一點。」

「就是啊。」

「那我們繼續走吧，拖太久好像會不見。」

「知道了！」

梅普露就此以【衝鋒掩護】跟蜜伊跳，兩人逐漸往上前進。

最後來到樹梢上，沿著緩緩往下的葉形光往下跳，隱藏在茂盛枝葉之間，中間已經變成空洞的大枯木便映入眼簾。

「就快到了。」

「喔……好壯觀喔。」

沿著螺旋階梯般的平台來到地面後，在前方帶路般蹦蹦跳的白色毛球突然高高一跳，在地面蹦出綠色魔法陣。

魔法陣在兩人注視下變成通往異世界的門，光線籠罩毛球，將牠傳送走了。

「梅普露，一起上去吧。」

「那是隱藏區域？」

「可能是……嗯～去了就知道，等著瞧吧。」

蜜伊賣的關子讓梅普露期待不已，跟她牽著手跳進魔法陣。綠光包圍兩人，眩目光輝遮蔽了視線。當光輝消退，四周景物也變得鮮明起來。

在葉隙間的陽光下，枝葉隨輕風婆娑作響。梅普露見到面前有幾條路延伸出去，轉頭想問蜜伊該走哪裡時——

「喵～」

腳下傳來叫聲。低頭一看，見到一隻雪白的長毛貓乖巧地坐在地上。
梅普露一和牠對上眼，白貓就往她跳過來，窩在她頭頸之間不動了。
「哇哇……會不會掉下來啊？」
「放心放心，而且……還有很多喔。」
「咦？」
「喵喔！」
窩在梅普露身上的白貓高呼一聲，草叢沙沙搖動起來，貓咪一隻接一隻地出現。
「哇～！」
「是不是很棒！」
「嗯！好可愛喔～！嗯嗯嗯，蜜伊的貓雷達真的不是蓋的。」
「貓、貓雷達……？總之就是好運發現一個好地方啦，而且不會很難走。」
貓也同樣跳到蜜伊身上，她自己也抱起一隻，腳邊又被貓圍繞。
「……所以，這裡是什麼樣的隱藏區域？」
「……不曉得，森林貓咖？」
「咦咦？」
蜜伊說她來了好幾次，目前的收穫只有「非常療癒」而已。
梅普露在腳邊一堆貓的蜜伊帶領下穿過森林，路上不時有貓跳出草叢，跟在她們身後。

「這裡需要傳送進來，有隱藏任務的話可能還需要其他條件。不過我完全看不出來那會是什麼啦。」

「而且很輕鬆就能進來了。」

「對呀對呀。只要看得仔細一點，很快就能找到進來的路。不過……」

蜜伊想了想，露出幸福的笑容。

「就算沒任務，我也夠滿意了啦。」

「哈哈哈，就是啊。妳好幸福的樣子。」

在遍地喵喵喵之中，兩人往深處走去。最後見到的是——

「好大……」

「是不是……」

是一隻在陽光下慵懶打呵欠的白貓，而且不是剛開始那隻至今仍窩在梅普露頭上的白貓。

畢竟尺寸完全不一樣。

大如房屋的大白貓，應該比糖漿的【巨大化】狀態還大。

毛茸茸的長毛，每一根都比她們身高還要長。

「感覺很像是會有什麼耶？」

「就是啊……」

「不過我今天沒什麼安排，就只是來吸貓而已。」

蜜伊說完就向巨貓走去，把自己埋進貓肚子裡，幸福地躺下。

「我也要！」

梅普露撲到蜜伊身旁，享受柔軟貓毛的覆蓋。

「牠起來以後，我們就會回到原來的森林了，在那之前好好享受吧。」

兩人摸著跟來的貓，聊起最近的事。

「我現在都在第八區喔。」

「這樣啊，有點沒想到耶。」

第八區是水底都市，感覺很不適合專用火的蜜伊。

「現在每個人都一窩蜂在探索，所以我想趁幫手多的時候先把困難的地方探索完。」

「有道理～」

「妳會有段時間不能上線啊，覺得好寂寞喔。」

「芙蕾德麗卡有跟我說，有時間加速的活動說不定就能上了。」

「是沒錯……唔唔，這樣重大活動又要對上我的宿敵了。」

「咦～？吼～妳是怎樣？」

「當然是能一起玩比較好哇。而且，這次我一定不會輸。」

「我也會加油的！」

「嗯。【大楓樹】在第十階打得怎樣？」

「都在為了挑戰魔王努力探索喔！已經拿到一個『大魔王的魔力』了。」

「不錯喔～有必要的話我也可以幫忙。妳想嘛，要是沒趕上不是很可惜嗎，我很想看妳跟大魔王哪邊是正牌呢。」

「正牌？」

「這個世界容不下兩個大魔王嘛～」

「……我嗎？」

「經常有人這樣叫妳喔。大概是妳那幾個技能的關係吧。」

原本梅普露的召喚物或效果就已經夠魔王的了，現在魔王之名更為響亮，主要是因為上次活動的誇張表現吧。

「連我也好想親眼看看那座城是怎麼淪陷的喔。」

以人為祭品召喚怪物破壞城堡——單就這描述來說，跟魔王做的事沒兩樣。

「下次想看妳替我們這邊用。跟馬克斯的召喚感覺很搭。」

「這樣說不定可以叫一大堆喔！」

「如果有哪裡能找妳幫忙，我還滿想找的。」

「嗯！沒問題！」

「謝謝！……啊，時間快到了。」

巨貓動了起來，伸伸懶腰，使兩人失去依靠而溜到地上。

葉隙間的陽光逐漸增強，化為白光包圍她們。在巨貓發出的震人低沉叫聲中，兩人的視野完全染白。

◆□◆□◆□◆□◆

隔天，楓和理沙走在放學回家的路上。今天兩人約好要一起探索第三區。

「是喔，妳跟芙蕾德麗卡決鬥了。」

「嗯！計畫很成功喔！不過……也只是靠【重生之闇】跟【古代之海】幫我打而已。」

「好凶殘的組合啊……」

梅普露有幾個組合技，除了前述的之外，還有【麻痺尖嘯】加毒攻擊等。每個都能造成致命傷，具有強效壓制能力。

「芙蕾德麗卡真的會很怕【重生之闇】的樣子。」

理沙不枉與芙蕾德麗卡決鬥過這麼多次，對她的能力瞭若指掌。在沒有人掩護的狀

況下，她的技能組合沒機會阻擋那些血多高傷的怪物軍團。

「…………」

既然她也願意跟芙蕾德麗卡決鬥。

不，跟這無關。只要理沙開口，楓肯定不會拒絕。但是，理沙得開口才行。

「後來呀，蜜伊找我去隱藏區域探索。」

「是喔～那裡長怎樣？」

楓將滿是貓貓的隱藏區域鉅細靡遺地說給理沙聽。

「這樣啊。我的確還沒聽說過這個地方，如果不接任務就能進去，也真的很像是隱藏區域。」

「所以真的是？」

「嗯。蜜伊應該也有提過吧，不曉得還需要什麼條件。應該不會真的只是讓人玩貓而已。話說回來……蜜伊說不定會拿到跟她不太搭的技能。」

「這、這個……對喔！可能喔！」

「……？總之呢，我也來調查看看好了。妳難得和其他公會一起玩，希望能找到與推進任務有關的東西。」

「嗯！」

「如果這樣能幫妳變得更強，就一石二鳥了！」

「嗯嗯！」

兩人時間無法配合時，就會走點岔路，到探索過的地方找隱藏區域或是升級。

而現在她們將貓貓區設定為第一目標。

「話說，妳的交遊也滿廣闊的嘛～」

「嗯！大家都是好人，我很放心～」

不僅僅是好人，每個都還是頂尖玩家。剛聊到的芙蕾德麗卡也好，蜜伊也好，遇上困難時相信是不缺幫手。

「然後，我要說一件有點對不起的事。就是我的成績還需多努力一點的感覺，今天是可以去一下，不過中間可能就要放妳去做想做的事了……」

「這樣啊？」

隨楓一問，理沙面露遺憾地點點頭。

「想做的事……」

「嗯。最重要是妳玩得開心，原本就是為了這個才找妳玩嘛。」

如果楓也配合理沙限制自己，使得第十階的攻略得不到好結果，燃燒不完全。理沙不希望事情變成這樣。

「那我就等妳。」

「呃……」

「嘿嘿嘿，妳說做我想做的事嘛。」

答覆與所想不同，使得理沙腳步頓了一下。前一步位置的楓笑著轉過身來。

「而且啊，既然是妳找我的，當然要一起玩到最後啊，對吧！」

「對喔……說得也是。」

「對對對！既然要這樣，一起多念點書也沒關係吧！」

「嗯。那我就多用點心念書吧。」

「靠妳嘍，理沙博士。」

「交給我就對了，楓博士。」

容易往壞的方面想，實在是個壞習慣。理沙這麼想著甩甩頭，將先前的想法趕出腦袋。

既然要玩，就得開心到最後。自己不是抱著這樣的想法踏上第十階的嗎。

「下次模擬考我一定全部拿高分，等著瞧吧。」

「加油！理沙拿出鬥志就超強的啦！」

「呵呵，我會多出五成力的。」

迷惘只是浪費時間，今天還有第三區要攻略呢。

兩邊都徹底做好就行了。只要做得到，就沒必要想那些有的沒的。

「那等一下……」

「嗯！『NewWorld Online』見！」

兩人暫且告別，相約在遊戲裡化為梅普露和莎莉再見，快步回家。

後記

一時興起而捧起第十六集的讀者，幸會。一路看到這裡的讀者，請接受我無比的感謝。

大家好，我是夕蜜柑。

《防點滿》來到十六集了呢。

TV動畫版順利播映完畢了，大家還喜歡嗎？但願如此。都做到第二季了，我自己看起動畫版也沒那麼緊張了。如此寶貴的體驗能有第二次，我真的非常幸運。

動畫版給了我很多鼓勵，我也要在書本這邊多努力點才行。

希望不久以後，又能帶給大家好消息。

我還會繼續努力寫下去的！請各位繼續支持！

然後，期盼我們在未來的第十七集再會！

夕蜜柑

國家圖書館出版品預行編目資料

怕痛的我,把防禦力點滿就對了/夕蜜柑作 ; 吳松諺譯. -- 初版. -- 臺北市 : 臺灣角川股份有限公司, 2024.01-

冊 ; 公分. -- (Kadokawa fantastic novels)

譯自 : 痛いのは嫌なので防御力に極振りしたいと思います。

ISBN 978-626-378-397-3(第16冊 : 平裝)

861.57 112019378

Kadokawa
Fantastic
Novels

怕痛的我，把防禦力點滿就對了 16

（原著名：痛いのは嫌なので防御力に極振りしたいと思います。16）

2024年2月5日　初版第1刷發行

作　者：夕蜜柑
插　畫：狐印
譯　者：吳松諺

發行人：台灣角川股份有限公司
總　監：呂慧君
總編輯：蔡佩芬
主　編：林秀儒
編　輯：黎夢萍
設計指導：陳晞叡
美術設計：黃永漢
印　務：李明修（主任）、張加恩（主任）、張凱棋

發行所：台灣角川股份有限公司
地　址：104台北市中山區松江路223號3樓
電　話：（02）2515-3000
傳　真：（02）2515-0033
網　址：www.kadokawa.com.tw
劃撥帳戶：台灣角川股份有限公司
劃撥帳號：19487412
法律顧問：有澤法律事務所
製　版：巨茂科技印刷有限公司
ISBN：978-626-378-397-3